지상의 양식

지상의 양식

앙드레 지드 | 김봉구 옮김

❖ 문예출판사

Les Nourritures terrestres

André Gide

차례

내 친구 모리스 키요에게

여기 우리가 지상에서 양분을 받은 과일들이 있다.

—《코란》2장 23절

1927년판에 붙이는 저자 서문

나는 '도망과 해방'의 안내서인 이 책 속에 즐겨 나 자신을 가두어 두려고 한다. 그래서 이번 기회를 이용하여 새로운 독자들에게 몇 가지 생각을 피력하고자 한다. 그것은 이 책이 차지할 위치를 밝히고 그 동기를 뚜렷이 설명함으로써 그 중요성의 한계를 그어놓는 일이 될 수 있을 것이다.

1.《지상의 양식》은 병을 앓는 사람이 쓴 것은 아니지만, 적어도 회복기의 환자나 완쾌된 사람, 혹은 전에 병에 걸린 적이 있는 사람이 쓴 책이다. 따라서 이 책에는 하마터면 시적(詩的) 비약 속에서조차 잃어버릴 뻔했던 그 무엇인 양 삶을 다시 꼭 부둥켜안으려는 자의 과격성이 있다.

2. 문학이 몹시도 인공적 기교와 따분한 냄새를 풍기던 시기에 나는 이 책을 썼다. 당시 나는 문학이 다시 대지를 딛고 순박하게 맨발로 흙을 밟도록 하는 것이 급선무라고 생각했다. 이 책이 얼마나 그 시대의 취미와 충돌하였는가는 그 당시 이 책의 출판이 완전히 실패로 돌아갔다는 사실로 짐작할 수 있는 일이다. 이 책을 언급한 비평가는 아무도 없었다. 10년 동안 겨우 500부가 팔렸을 따름이다.

3. 내가 이 책을 쓴 것은 결혼으로 내 생활을 정착시킨 직후의 일이다. 당시 나는 자진하여 자유를 포기했지만, 그러자 곧 예술 작품으로서의 나의 책은 그럴수록 더 그 자유의 회복을 요구했다. 내가 이 책을 쓸 때 지극히 성실한 심경이었다는 것은 말할 것도 없다. 그러나 내가 마음속에 느끼던 반대 감정에 있어서도 또한 나는 진실했다.

4. 이 책에, 나는 구애되지 않을 생각이었다는 것도 덧붙여둔다. 내가 그린 부동적이며 얽매임 없는 상태, 마치 소설가가 자기와 비슷하면서도 창작으로 꾸며내는 주인공의 모습을 결정짓는 것처럼 나는 그러한 상태의 윤곽을 잡았던 것이다. 그뿐만 아니라 오늘날 생각해보면, 당시 나는 그 특징적인 모습을 일단 나로부터 분리시키지 않고서는 혹은 나 자신을 그러한 모습으로부터 일단 분리시키지 않고서는 — 이렇게 말해도 좋을 것이다 — 묘사할 수 없었던 모양이다.

5. 사람들은 흔히 이 젊은 시절의 책으로 나를 비판하려 든다. 마치《지상의 양식》의 윤리가 나의 전 생애의 윤리라도 되는 것처럼, 또는 내가 나의 젊은 독자에게 일러준 "나의 책을 던져버려라, 그리고 나를 떠나라"는 충고를 누구보다 먼저 나 자신이 따르지 않기라도 한 듯이 말이다. 그렇다. 나는《지상의 양식》을 쓰던 때의 나를 곧 떠나버렸다. 그러므로 나의 생애를 살펴볼 때 내가 인정하게 되는 가장 두드러진 특징은 무지조(無志操)이기는커녕 차라리 변함없는 충실성이다. 이 감정과 사상의 깊은 충실성, 나는 그것을 지극히 희귀한 것이라고 믿는다. 죽음이 눈앞에 닥쳐왔을 때, 자기가 성취하려고 스스로 다짐했던 것이 성취된 것을 볼 수 있는 사람이 있다면 그의 이름을 가르쳐달라. 나는 바로 그들 곁에 '나의' 자리를 잡으리라.

6. 또 한마디 — 어떤 사람들은 이 책 속에서 오직 욕망과 본능의 예찬밖에 볼 수 없거나, 혹은 오직 그것만을 보고자 한다. 내가 보기에 그것은 좀 근시안적인 소견인 듯하다. 내가 이 책을 다시 펼쳐 들 때 거기서 보는 것은 그런 것보다도 '헐벗음'에 대한 옹호이다. 그것이 바로 다른 모든 것을 버리고도 내가 여전히 간직한 것이요, 내가 여전히 충실한 채로 있는 것도 그것에 대해서이다. 그리고 이 문제에 관해서는 나중에 다시 이야기할 것이지만, 내가 그 뒤 복음서의 교리를 따라 자기멸각(自己滅却) 속에서 가장 완전한 자기 완성, 가장 드높은 요구, 그리고 행복의 가장 무제한적인 허용을 발견하기

에 이른 것도 실로 그 '헐벗음' 덕분이었다.

"나의 이 책이 그대로 하여금 이 책 자체보다도 그대 자신에게 ─ 그다음으로는 그대보다도 다른 모든 것에 흥미를 가지도록 가르쳐 주기를."

이것이 그대가 《지상의 양식》의 머리말 마지막 구절에서 읽을 수 있는 말이다. 또다시 그 말을 되풀이할 필요가 어디 있겠는가.

1926년 7월

A. G.

서문

내가 이 책에 붙이기로 한 난폭한 제목을, 나타나엘이여, 오해하지 말라. '메날크'라고 할 수도 있었을 테지만, 메날크는 그대 자신과 마찬가지로 이때껏 세상에 존재한 적이 없는 인물이다. 이 책에 붙일 수 있는 유일한 사람의 이름은 나의 이름뿐이다. 허나 그렇게 되면 어떻게 내가 이 책에 내 이름을 감히 서명할 수 있었겠는가?

나는 허식도 수치심도 없이 이 책을 썼다. 그리고 때로는 본 적도 없는 도시들, 맡아보지도 않은 향기들, 하지도 않은 행동들에 관한 이야기를 — 보지 못한 그대 나타나엘에 관한 이야기를 — 나는 하고 있지만 그것은 허위로 한 일이 아니다. 그러한 것들도, 나의 책을 읽게 될 나타나엘이여, 장차 그대가 가지게 될 이름을 몰라 내가 그대에게 주는 이 이름과 마찬가지로 거짓은 아닌 것이다.

나의 이야기를 읽고 난 다음에는 이 책을 던져버려라 — 그리고 밖으로 나가라. 나는 이 책이 그대에게 밖으로 나가고 싶은 욕망을 일으키기를 바라고 있다 — 어디서든지 그대의 도시로부터, 그대의 가정으로부터, 그대의 방으로부터, 그대의 사상으로부터 탈출하라. 만약 내가 메날크라면, 그대를 인도하기 위해서 나는 그대의 오른 손을 잡았을 것이다. 그러나 그대의 왼손은 그것을 알지 못하였을 것이고, 거리에서 멀어지자 나는 되도록 빨리 잡았던 손을 놓고 말 했을 것이다 — "나를 잊어버려라" 하고.

이 책이 그대로 하여금 이 책 자체보다도 그대 자신에게 — 그다음으로는 그대보다도 다른 모든 것에 흥미를 가지도록 가르쳐주기를.

1장

오랫동안 잠들어 있던
나의 게으른 행복은 이제 눈을 뜨도다.

– 하피즈

1

나타나엘이여, 도처(到處) 이외의 곳에서 신(神)을 찾기를 바라
지 말라.

피조물마다 신을 가리키고 있기는 하지만, 그 어느 것도 신을 드
러내 보이지는 않는다.

우리들의 시선이 자기 위에 머무르게 되자, 어느 피조물이건 우
리로 하여금 신에게 등을 돌려대게 하는 것이다.

다른 사람들이 작품을 발표하거나 일을 하고 있는 동안, 나는 반
대로 머리로 배운 모든 것을 잊어버리느라고 3년 간 여행을 하며 지
냈다. 배운 것을 털어버리는 그러한 작업은 느리고도 어려운 일이

었다. 그러나 그것은 사람들에게 강요당했던 모든 지식보다 나에게는 더 유익하였으며, 진실로 교육의 시초였다.

우리들이 삶에 흥미를 갖기 위하여 얼마나 노력해야 했는지 그대는 도저히 모르리라. 그러나 삶이 우리의 흥미를 끌게 된 이제는 세상 만사가 다 그렇듯이 — 우리를 열광케 하고야 말 것이다.

과오(過誤)에서보다 그것을 벌주는 데서 더 많은 쾌감을 느끼며 나는 즐거이 나의 육체를 벌하였다 — 그저 단순히 죄를 범하지 않는다는 자부심에 그토록 도취하였던 것이다.

'보상(報償)'이라는 생각일랑 아예 마음속에서 없애버릴 것, 정신의 커다란 장애가 거기에 있다.

……우리의 길이 확실치 않음이 일생 동안 우리를 괴롭혔다. 그대에게 뭐라고 해야 좋을까? '선택'이란 어떤 것이든지 생각해보면 무서운 것이다. 의무가 길을 인도해주지 않는 자유란 무서운 것이다. 그것은 어디를 둘러보나 낯선 고장에서 택해야 하는 한 갈래 길과도 같아 사람은 저마다 거기서 '자기' 발견을 하게 되는 것이다. 그 발견이란 다만 자기 자신을 위해서 할 따름이라는 것을 명심해야 한다. 그러므로 가장 알려지지 않은 아프리카의 땅에서 더듬는 가장 희미한 발자취일지라도 그보다는 덜 불안할 정도이다. 그늘진 수풀들이 우리를 이끌며, 아직 마르지 않은 샘터의 신기루들……

그러나 차라리 샘물들은 우리의 욕망이 흐르게 하는 곳에 솟을 것이다. 왜냐하면 한 지방은 우리가 다가감으로써 그것을 형성함에 따라 존재하게 되는 것이며, 주위의 풍경들은 차츰차츰 우리의 걸음 앞에 전개되는 것이니까. 그리고 우리는 지평선 끝을 보지 못한다. 우리들 곁에 있는 것일지라도 그것은 항시 변형되는 외관(外觀)에 지나지 않는다.

그러나 이처럼 중대한 문제에 비유를 들어 말할 필요가 어디 있겠는가? 우리들은 모두 신(神)을 발견해야 한다고 생각하고 있다. 그러나 유감스럽게도 신을 찾아볼 수 있기를 기다리는 동안 어디를 향하여 우리들의 기도를 드려야 할지를 모른다. 그러다가 마침내 이렇게 마음속으로 말하게 된다. 신은 가는 곳마다 있으며, 눈에 뜨이지 않는 그분은 어느 곳에나 아니 계신 곳이 없다고. 그리하여 아무 데서나 무턱대고 무릎을 꿇는 것이다.

나타나엘이여, 그대도 제 손에 든 등불을 따라 길을 더듬어 가는 사람이나 다름없이 될 것이다.

어디에 가든지 그대는 신밖에 만날 수 없을 것이다. '신이란 우리들 눈앞에 있는 것'이라고 메날크는 말하였다.

나타나엘이여, 그대는 모든 것을 지나치는 길에 바라보아야 한다. 그리고 어느 곳에도 멈추지 말라. 오직 신만이 덧없지 않다는 것을 분명히 명심해두어라.

'중요성'은 그대의 시선 속에 있어야지 사물 속에 있어서는 아니 될지어다.

그대가 '확연한' 지식으로서 그대의 머릿속에 간직하고 있는 모든 것은 이 세상의 종말에 이르도록 그대와는 확연히 따로 남게 될 것이다. 무엇 때문에 그러한 것에 그토록 많은 가치를 부여하는가?

욕망에는 이득이 있고 또 욕망의 만족에도 이득이 있는 법이다. 왜냐하면 그럼으로써 욕망은 증가되는 것이기 때문이다. 진실로 그대에게 말하거니와, 나타나엘이여, 욕망의 대상을 갖는다는 그 언제나 허망한 소유보다도 어떤 욕망이든지 욕망 그 자체가 나를 더욱 풍부하게 해주었느니라.

수많은 감미로운 것들에 대한 사랑으로, 나타나엘이여, 나는 나 자신을 소모하였다. 그것들의 찬란한 빛은, 내가 그것들에 대하여 끊임없이 태우던 사랑의 불길 때문이었다. 나는 지칠 줄을 몰랐다. 모든 열정이 나에게는 사랑의 소모, 감미로운 소모였던 것이다.

이단자들 중에도 가장 이단자이던 나는 동떨어진 의견들, 사상의 극단적인 우회(迂廻)나 엇갈리는 색다른 사고들에 항시 마음이 끌렸다. 어떤 사람이거나 내가 흥미를 느끼는 것은 그가 남들과 다른 점뿐이었다. 그리하여 나는 나의 마음속으로부터 공감(共感)이라는 것을 추방하기에 이르렀다. 거기에는 다만 공통적인 감동의 인식밖에는 보이지 않기 때문이었다.

나타나엘이여, 공감이 아니고 사랑이어야 한다.

　행동의 선악(善惡)을 '판단'하지 말고 행동할 것. 선인가 악인가 개의하지 말고 사랑할 것.

　나타나엘이여, 내가 그대에게 열정을 가르쳐주마.

　평화로운 나날보다는, 나타나엘이여, 차라리 비장한 삶을 택하라. 나는 죽어 잠드는 휴식 이외의 다른 휴식을 바라지 않는다. 내가 생전에 만족시키지 못한 모든 욕망, 모든 정열이 나의 사후까지 살아남아서 나를 괴롭히게 되지 않을까 두렵다. 내 속에서 대기하고 있던 모든 것을 이 땅 위에 털어놓고 나서 더 바랄 것 없는 완전한 '절망' 속에 죽기를 나는 '희망'한다.

　공감이 아니고, 나타나엘이여, 사랑이어야 한다. 그대도 알 터이지만 그것은 같은 것이 아니다. 이따금 슬픔이나 근심, 괴로움에 내가 동정을 기울일 수 있었던 것은 사랑을 잃어버리게 되지나 않을까 두려웠기 때문이다. 그렇지 않다면 나는 그런 것들을 좀처럼 견디지 못하였을 것이다. 인생의 근심은 각자에게 맡겨두라.

　(헛간에서 탈곡기가 돌고 있어서 오늘은 쓸 수가 없다. 어제 보았는데 배추씨를 두들겨 털고 있었다. 깍지가 날고 씨앗이 땅에 굴러 떨어지곤 했다. 먼지로 숨이 막힐 지경이었다. 어떤 여자가 기계를 돌리고 있었다. 예쁘게 생긴 두 사내아이가 맨발로 씨앗을 줍고 있었다.

이 이상 더 아무 말도 할 것이 없어 나는 눈물이 난다.

별로 할 말이 없을 때는 글을 쓰는 법이 아니라는 것을 나도 알고 있다. 그렇지만 나는 썼다. 그리고 같은 주제로 다른 이야기들을 또 쓰게 될 것이다.)

*

나타나엘이여, 다른 사람이 아무도 그대에게 준 적이 없는 기쁨을 나는 그대에게 주고 싶다. 그것을 어떻게 그대에게 주어야 할지 모르겠다. 그러나 나는 이 기쁨을 확실히 가지고 있다. 다른 어느 사람이 한 것보다도 더 친밀하게 나는 그대에게 이야기하고 싶다. 그대가 책 속에서 여태껏 받은 계시보다도 더 많은 것을 찾으면서 여러 책들을 펼쳤다가 다시 접고 그래도 만족되지 않아 무엇인가를 기다리고 있을 무렵, 밤에 허전한 마음을 금치 못하여 그대의 열정이 슬픔으로 변하려는 그러한 시각에 나는 그대 곁으로 가고 싶다. 나는 오직 그대를 위하여 이 글을 쓰며 오직 그러한 시각을 위해서 그대에게 이 글을 쓰는 것이다. 내가 쓰고 싶은 책은 어떠한 개인적 사상도 감동도 보이지 않는, 다만 그대 자신의 열정의 투사(投射)만을 그대가 그 안에서 보게 될 그러한 책이다. 나는 그대 곁으로 다가가고 싶다. 그리고 그대가 나를 사랑하게 되기를 바란다.

수심(愁心)이란 식어버린 열정 이외에 아무것도 아니다.

누구든지 벌거숭이가 될 수 있고 어떤 감동이든지 충만하게 될

22

수 있는 것이다.

나의 감동들은 종교와도 같이 활짝 개방되었다. 그대여, 알겠는가. 모든 감각은 무한한 '현존(現存)'이라는 것을.

나타나엘이여, 그대에게 열정을 가르쳐주리라.

빛이 유황에 연결되어 있듯이 우리들의 행동은 우리들에게 연결되어 있다. 그것이 우리들을 태워버리는 것은 사실이지만, 그것이 또한 우리들의 광휘(光輝)를 이루는 것이다. 그리고 우리들의 넋이 무슨 가치가 있다면, 그것은 다른 사람들의 넋보다 더 치열하게 탔기 때문인 것이다.

나는 너희들을 보았다, 동트는 무렵 흰 빛 속에 잠긴 너른 벌판들이여. 푸른 호수들이여, 나는 너희들의 물결 속에서 목욕하였다 — 산들바람이 어루만져줄 때마다 나로 하여금 미소를 짓게 하였다는 사실, 이것이야말로 나타나엘이여, 내가 그대에게 지칠 줄을 모르고 거듭 이야기하고 싶은 것이다. 나는 그대에게 열정을 가르쳐주리라.

만약에 내가 그보다 더 아름다운 것들을 알았다면, 그것들을 나는 그대에게 이야기하였을 것을, 틀림없이 그것들이지 다른 것은 말하지 않았을 것을.

메날크여, 그대는 나에게 예지는 가르쳐주지 않았다. 예지가 아니라 사랑이었다.

*

나타나엘이여, 나는 메날크에게 우정 이상의 것을 가졌다. 그것은 거의 사랑과도 같은 것이었다. 나는 또한 그를 형제처럼 사랑하였다.

메날크는 위험한 인물이다. 그를 두려워하라. 그는 현자(賢者)들에게는 스스로 그들에게 배척을 당하도록 하지만 아이들에게는 자기를 두려워하지 않도록 하는 인물이다. 그는 아이들에게 가정을 사랑하는 것을 그치고 가정을 떠나라고 가르칠 뿐만 아니라 야생의 새큼한 과실(果實)에 대한 욕망을 일으켜서 그들의 마음을 병들게 하고, 야릇한 사랑으로 번민하게 한다. 아아, 메날크여, 나는 그대와 더불어 또 다른 길들을 달리고 싶었거늘. 그러나 그대는 약한 마음을 미워하였고 나에게 그대를 떠나라고 가르쳐주었다.

누구에게나 신비로운 가능성이 있는 것이다. 만약에 과거가 현재에 이미 하나의 역사를 투영하지 않는다면 현재는 모든 미래로 충만할 것이다. 그러나 유감스럽게도 유일한 과거가 유일한 미래를 계시할 뿐 — 공간 위에 놓인 무한히 긴 다리처럼 우리들 앞에 단 하나의 미래를 내던지는 것이다.

자기가 이해할 수 없는 것, 그것만은 아무리 애써도 하지 못할 것을 할 수 있다고 스스로 느끼는 것이다. **인간성의 최대한을 짊어질 것**, 이것이야말로 좋은 공식이다.

여러 가지 삶의 형태, 너희들은 모두 나에게 아름답게 보였다(내가 그대에게 말하는 것, 그것은 메날크가 나에게 하던 말이다).

모든 정열과 모든 악덕을 다 알게 되기를 나는 희망한다. 적어도 나는 그것들을 조장(助長)하였다. 나의 온 존재는 모든 형태의 믿음 쪽으로 내달렸다. 어떤 밤들에는, 하도 열중한 나머지 거의 나의 영혼을 믿게끔 되었다. 그토록 영혼이 나의 육체로부터 거의 빠져나갈 것 같은 생각이 들었던 것이다 — 메날크는 이런 말을 하기도 했다.

그리고 우리의 삶은 마치 우리들 앞의 찬물이 가득 찬 유리잔 같을 것이다. 열병 환자가 손에 들고 마시고 싶어 하는 그 젖은 유리잔 말이다. 그는 단숨에 마셔버린다. 기다려야 한다는 것을 뻔히 알면서도 그 감미로운 유리잔을 입에서 떼어버릴 수가 없는 것이다. 그토록 물은 시원하고 열은 안타깝게 목을 태운다.

2

아아, 얼마나 나는 밤의 차가운 공기를 들이마셨던가. 아아, 창(窓)이여! 그토록 창백한 빛발이 달에서 흘러내리고 있었다. 안개가 드리워 마치 샘물인 양 — 나는 그것을 입으로 마시고 있는 것 같았다.

아아, 창이여! 얼마나 여러 번 나의 이마가 너희들의 서늘한 유리에 기대어 열(熱)을 잃었으며, 얼마나 여러 번 열로 인하여 타는 듯한 침대에서 발코니로 뛰어나가 넓디넓은 고요한 하늘을 우러르며 내 욕망들이 안개처럼 사라져버렸던가.

지난날의 열들이여, 너희들은 나의 육체를 탕진하고 말았다. 그러나 넋을 신(神)으로부터 떼어놓는 아무것도 없을 때, 넋은 얼마나 고갈되고 말 것인가! 나의 외곬으로 달리는 신에 대한 찬양은 무서운 것이었다. 나는 그 때문에 송두리째 얼이 빠졌다.

그대는 앞으로도 오랫동안 불가능한 넋의 행복을 추구할 것이라고 메날크는 나에게 말했다.

종잡을 수 없는 황홀의 첫 나날이 지난 뒤에는 — 아직도 메날크를 만나기 전의 일이었지만 — 늪을 건너는 것 같은 불안한 기대의 시기가 닥쳐왔다. 무거운 졸음에 빠져 아무리 잠을 자도 깨어날 수 없었다. 식사를 마치면 눕곤 하였다. 잠을 자고 나면 더 피로를 느끼며 눈을 뜨는 것이었다. 어떤 변모(變貌)를 앞둔 것처럼 정신은 마비된 채.

생명체의 은밀한 작업, 내면의 태동(胎動), 미지의 생명 창조, 난산(難産). 몽롱한 의식, 기대. 번데기처럼, 님프처럼 나는 잤다. 내 속에서 새로운 존재가 형성되어가는 대로 나는 맡겨두고 있었다. 내가 앞으로 될 그 존재는 이미 나와는 다른 것이었다. 모든 빛이, 초록빛의 물속을 거쳐오듯이 나무 잎사귀와 가지를 통하여 내게로 스며오고 있었다. 술취함이나 심한 현기증과도 흡사한, 몽롱하고 무기력한 지각 — 아아, 어서 급격한 발작이건 질병이건 격심한 고통이라도 어서 와주렴 — 하고 나는 애원하였다. 그리고 나의 머릿속은 무겁게 구름이 얽혀 드리운 뇌우(雷雨)의 하늘과도 같았다. 숨도 쉬기 어려운 그러한 하늘 밑에서는, 모든 것이 울적하게 창공을 뒤덮어 가리고 있는 그 침침한 가죽 물자루를 찢기 위해서 번갯불을 기다리는 것이다.

기다림이여, 얼마나 너희들은 계속되려는가? 그리고 너희들이 끝난 뒤에 과연 살아갈 만한 기력이 남게 될 것인가 — 기다림! 무엇의 기다림이란 말인가? 이렇게 나는 외쳤다. 우리들 자신으로부터 생겨나지 않을 무엇이 일어날 수 있겠는가? 그리고 우리가 이미 알고 있지 않은 무엇이 우리에게서 가능할 것이냐?

아벨의 출생, 나의 약혼, 에리크의 죽음, 나의 생활의 혼란, 그러한 일들도 그 무감각 상태를 끝내주기는커녕 더욱더 그 속으로 나를 몰아넣는 것 같았다. 그처럼 마비 상태는 나의 복잡한 상념과 나의 결단성 없는 의지로부터 오는 듯하였다. 나는 축축한 땅에서 식물처럼 언제까지나 자고 싶은 지경이었다. 이따금 쾌락이 고통을 이겨주려니 생각하고, 나는 육체의 탕진 속에서 정신의 해방을 찾았다. 그러고는 다시 긴 시간을 잠자며 지내는 것이었다. 마치 번거로운 집 안에서 한낮 더위에 졸다가 눕혀진 잠든 어린아이처럼. 그러다가 한참 지나서야 나는 깨어나곤 하였다. 몸에 땀이 흐르고, 심장은 두근거리며, 머리는 흐리멍덩했다.

닫힌 덧문 틈으로 스며들어 잔디밭의 푸른 반사광을 흰 천장에 던져주는 빛, 그 황혼만이 나에게는 다사로웠다. 그것은 나뭇잎들과 물 사이로 흘러들어 부드럽고 아늑하게 느껴지는 빛, 오랫동안 어둠 속에 묻혀 있던 끝에 동굴 어귀에서 어른거리는 것을 보는 그러한 빛과도 같았다.

집 안의 소음이 어렴풋이 들려오고 있었다. 나는 서서히 소생하는 것이었다. 미지근한 물로 몸을 씻고 권태에 못 이겨 들로 나가곤 했다. 정원 벤치에 앉아서 아무것도 하는 일 없이 저녁이 다가오는 것을 기다렸다. 말하기도, 이야기를 듣기도, 글을 쓰기도 싫고 줄곧 피곤하기만 했다. 나는 다음과 같은 시를 읽었다.

……앞에 보이는

황량한 길

목욕하는 바다새들

날개를 펼치고……

나 살아야 할 곳 바로 여기로다……

……내가 붙들려 있는 곳은

숲 속의 나무 잎새 그늘

떡갈나무 밑 땅 밑의 동굴

이 토굴집은 싸늘하여라.

나는 아주 지쳐버렸다.

골짜기들 어둡고

언덕은 높아

나뭇가지들의 슬픈 울타리

가시덤불에 덮이고 —

즐거움 없는 거처로다.

　　　　　　　　—《유적의 노래 (*The Exile's Song*)》 중에서

가능하기만 할 뿐 아직 가져보지 못한 생명의 충일감이 이따금 엿보이더니 다시 여러 번 눈앞에 나타나 점차로 머리를 떠나지 않게 되었다. 아아! 어서 햇빛의 문이 열렸으면 하고 나는 외치는 것이었다. 끊임없는 이 보복의 도가니 속에서 활짝 열려주었으면!

나의 온 존재가 새로운 것 속에 잠겨야만 할 것 같았다. 나는 제2의 청춘기를 기다리고 있었다. 아아! 나의 눈이 새로운 시각을 갖도록 할 것. 나의 눈에서 책으로부터 받은 티를 씻어버리고, 지금 우러러보는 저 창공처럼 — 아까 비가 내리고 하늘은 맑게 개었다 — 내 눈을 더욱 청명하게 만들 것……

나는 병이 들었다. 여행을 하고 메날크를 만났다.

나의 신기로운 회복은 참으로 나에게는 재생이었다. 나는 새 하늘 밑에 완전히 온갖 것이 새로워진 가운데 새로운 존재로서 재생하였던 것이다.

3

나타나엘이여, 그대에게 기다림을 이야기해주마. 나는 보았다, 여름에 벌판이 기다리는 것을. 비가 조금이라도 내리기를 기다리는 것을. 길 위의 먼지들은 너무도 가벼워져서 바람이 일 때마다 휘날렸다. 그것은 이미 욕망이라기보다는 차라리 조바심이었다. 땅은 물을 더 많이 받아들이려는 듯이 말라 터지고 있었다. 광야의 꽃향기는 거의 견디기 어려울 지경이었다. 태양 밑에서 모든 것이 넋을 잃고 있었다. 우리들은 매일 오후에 테라스 밑으로 가서 눈부신 햇빛을 간신히 피하면서 쉬었다. 바야흐로 화분(花粉)을 지닌 송백과(松柏科)의 식물들이 번식 작용을 멀리 퍼뜨리려고 가지를 너울너울 흔들고 있는 때였다. 하늘에는 비구름이 뭉기고, 온 자연이 기다리고 있었다. 모든 새들마저 소리를 죽이고 있기에 숨막힐 듯 엄숙한 순간이었다. 땅으로부터 불 같은 바람이 일어 모든 것이 쓰러져버리고 말려는 듯하였다. 송백류의 화분이 황금 연기처럼 가지에서 쏟아졌다 — 이윽고 비가 내렸다.

나는 하늘이 새벽을 기다리며 떠는 것을 보았다. 하나씩 하나씩 별들이 꺼져가고 있었다. 목장은 이슬로 뒤덮였고 공기는 싸늘한 애무의 촉감만을 남겨주었다. 얼마 동안 어리숭한 삶이 졸음에 못이겨 눈을 뜰 생각이 없는 듯 아직도 피로가 가시지 않은 나의 머릿속에는 혼수상태가 깃들고 있었다. 나는 숲 기슭까지 올라가 앉았다. 온갖 짐승들은 날이 새고 있다는 확신 속에서 다시 움직이며 즐거움을 도로 찾았다. 그리고 삶의 신비가 나뭇잎들 사이로 퍼져 나오기 시작했다 — 그러더니 날이 새었다.

나는 또 다른 새벽들을 보았다 — 나는 또 밤의 기다림을 보았다.

나타나엘이여, 그대의 마음속에서 기다림은 욕망이기보다는 다만 무엇이든지 받아들이기 위한 한갓 마음의 준비여야 할 것이다. 그대에게로 오는 모든 것을 기다려라. 그러나 그대에게로 오는 것만을 원해야 한다. 그대가 가진 것만을 원해야 할 것이다. 하루의 어느 순간에라도 그대는 신을 온전하게 가질 수 있음을 알라. 그대의 욕망은 사랑이어야 하며, 그대의 소유는 사랑에 넘치는 것이라야 할 것이다. 왜냐하면 충족 없는 욕망이 무슨 소용이 있겠는가?

무슨 일이냐! 나타나엘이여, 그대는 신을 소유하고 있으면서도 그것을 알아차리지 못하다니! 신을 소유한다는 것은 신을 보는 것이다. 그러나 사람들은 신을 보려고 하지 않는다. 어느 산길 모퉁이에서, 발라암이여, 그대는 그대의 나귀가 멎어선 곳에서 눈앞에 신을 보지 않았던가? 그대가 신을 남과 다르게 생각하고 있었던 까닭이다.

나타나엘이여, 기다리지 않을 수 있는 것은 신뿐이다. 신을 기다린다는 것은, 나타나엘이여, 그대가 이미 신을 소유하고 있다는 사실을 깨닫지 못하기 때문이다. 신을 행복과 구별하지 말라. 그리고 그대의 온 행복을 순간 속에서 찾으라.

마치 동양의 창백한 여자들이 그녀들의 온 재물을 몸에 지니고 다니듯이, 나는 나의 모든 재산을 내 속에 지녔다. 나의 생애의 어떤 사소한 순간에도 나는 내 속에 내 재산의 총체를 고스란히 느낄 수 있었다. 나의 재산은 여러 가지 유다른 물건들을 합친 것으로 된 것이 아니라 나의 한결같은 열애(熱愛)로 이루어진 것이었다. 나는 언제나 모든 나의 재산을 전적으로 내 힘으로 행사할 수 있도록 간직했던 것이다.

마치 하루가 거기에 죽어가기라도 하듯이 저녁을 바라보라. 그리고 만물이 거기서 태어나기라도 하듯이 아침을 바라보라.

'그대의 눈에 비치는 것이 순간마다 새롭기를.'

현자란 모든 것에 경탄하는 사람이다.

오오, 나타나엘, 머리가 피로한 것은 모두 잡다한 그대 재산 때문이다. 그 '모든 것' 중의 어느 것을 좋아하는지조차 그대는 모른다. 삶만이 유일한 재산이라는 것을 그대는 깨닫지 못하고 있는 것이다. 삶의 가장 짧은 순간일지라도 죽음보다 강하며 죽음은 모든 것이 끊임없이 새로워지도록 하기 위하여 다른 삶들을 허용하는 것에 불과하다 — 삶의 어떤 형태라도 자기를 표현하기에 필요한 시간보다 더 오래 '그것'을 붙잡아두지 않게 하기 위하여. 그대의 말이 지상에 울리는 순간은 행복할진저. 그 밖의 시간에는 귀를 기울여 들으라. 그러나 그대가 입을 열 때는 귀를 기울이지 말라.

나타나엘이여, 그대 속에 들어 있는 모든 책을 불태워버려라.

롱드(RONDE)
내가 불질러버린 것들을 찬양하여

학교의 책상 앞에서 조그만 걸상에 앉아 읽는 책들이 있다.

거닐며 읽는 책들도 있고

(책의 크기 때문에 그렇기도 하지만)

어떤 것은 숲에서, 어떤 것은 다른 전원에서 읽도록 되어 있고

그리하여 시세롱은 말했으니 ─

'그들은 우리와 더불어 전원에 있느니라.'

마차 속에서 읽는 책도 있고

헛간 속 꼴 위에 누워서 읽는 것도 있다.

사람에게 영혼이 있다고 믿게 하기 위한 책이 있는가 하면

영혼을 절망케 하기 위한 책도 있다.

신의 존재를 증명하는 것이 있는가 하면

신에게 다다를 수 없게 하는 책들도 있다.

개인의 서고 속에밖에는 꽂아둘 수 없는 것들도 있다.

권위 있는 많은 비평가들에게 찬사를 받은 책도 있다.

양봉(養蜂)에 관한 이야기만 쓰여 있어

어떤 이들에겐 너무 전문적이라고 생각되는 책도 있고

자연에 관한 이야기가 어떻게나 많은지

읽고 나면 산보할 필요가 없어지는 책도 있다.

점잖은 어른들에게는 멸시를 받지만

어린아이들을 흥분케 하는 책들도 있다.

문집(文集)이라고 불리는 것으로서

무엇에 관해서나 훌륭한 말을 모조리 수록한 것도 있다.

인생을 사랑하게 해주려는 책들이 있는가 하면

쓰고 난 뒤에 저자가 자살하였다는 책도 있다.

증오의 씨를 뿌리고

뿌린 것을 스스로 거두는 책들도 있다.

희열이 넘치고 그지없이 감미로워

읽을 때 찬란하게 빛나는 듯한 것도 있다.

우리보다 순결하며 우리보다 훌륭하게 살아간 형제들처럼 사랑

하게 되는 책들이 있다.

이상한 글씨로 쓰여져 있어서

많이 연구해봐도 통 이해할 수 없는 책들도 있다.

나타나엘이여, 이 모든 책들을 언제 우리는 다 불태워버리게 될

것인가!

네 푼짜리도 못 되는 책들이 있는가 하면
엄청나게 값진 책들도 있다.

왕과 왕후의 이야기를 하는 책들이 있는가 하면
가난한 사람들의 이야기를 하는 것도 있다.

정오의 팔랑거리는 나뭇잎 소리보다도
더 부드러운 말로 된 책들도 있다.
파트모스란 섬에서 장이
쥐처럼 먹었다는 책이지만
나는 차라리 나무딸기가 좋다.
그 책 때문에 그의 오장육부는
쓰디쓴 맛으로 가득히 차서
그 후 그는 많은 환상을 보았다고 한다.

나타나엘! 그 모든 책들을 언제 우리는 불살라버리게 될 것이냐!

바닷가의 모래가 부드럽다는 것을 책에서 읽는 것만으로는 만족
할 수 없다. 나의 맨발이 그것을 느끼고 싶은 것이다. 먼저 감각이
앞서지 않은 지식은 그 어느 것도 나에게는 소용이 없다.
이 세상에서 아늑하게 아름다운 것치고 대뜸 나의 애정이 그것을
어루만져보고 싶어 하지 않았던 것이라곤 나는 일찍이 본 적이 없

다. 정답고 아름다운 대지여, 그대의 꽃핀 표면은 희한하구나! 오, 나의 욕망이 들어박힌 풍경! 나의 탐색이 거닐고 다니는 활짝 열린 고장, 물 위에 늘어진 파피루스나무, 줄지은 길, 강 위에 휘어진 갈대들, 숲 속에 트인 빈 터, 나뭇가지 사이로 나타나는 벌판, 무한한 약속. 나는 복도처럼 바위들 또는 초목들 속으로 뚫린 길을 거닐었다. 눈앞에 전개되는 봄의 풍경을 나는 보았다.

현상계(現象界)의 속삭임

그날부터 나의 생의 모든 순간은 이루 말할 수 없는 선물처럼 새로운 맛을 지니게 되었다. 그리하여 나는 거의 끊일 줄 모르는 열정적 경탄 속에 살았다. 어느덧 도취경에 이르러 나는 일종의 황홀감 속에서 거닐기를 즐겨 하였다.

그렇다, 입술 위에 떠오르는 모든 웃음에 부딪칠 때마다 입 맞추고 싶었다. 뺨 위에 번지는 홍조를 볼 때마다, 눈 속에 고이는 눈물을 볼 때마다 나는 그것을 마시고 싶었다. 나뭇가지가 나에게로 기울여 주는 과일은 모조리 그 과육을 깨물어 먹고 싶었다. 주막에 이를 때마다 굶주림이 나를 맞이해주었다. 어느 샘물 앞에서나 갈증이 나를 기다리고 있었다 — 다른 샘물 앞에 설 적마다 다른 갈증들이 — 나의 갖가지 다른 갈망들을 표현하기 위하여 또 다른 말들이 있었으면 했다.

걷고 싶은 욕망, 거기엔 길이 열리고

쉬고 싶은 욕망, 거기에선 웅달이 부르며

깊은 물가에서는 헤엄치고 싶은 욕망,

침대 곁에 설 때마다 사랑하거나 또는 자고 싶은 욕망.

나는 대담하게 모든 것에 손을 내밀고, 나의 욕망의 모든 대상에
대하여 나에게는 권리가 있다고 스스로 믿었다(하지만 나타나엘, 우
리가 바라는 것, 그것은 소유라기보다는 사랑인 것이다). 나의 앞에서 모
든 것이 무지개처럼 찬연하고 모든 아름다움이 나의 사랑의 옷을
입고 아롱져 빛나기를.

2장

양식들이여!

나는 너희들을 고대하고 있다, 양식들이여!
나의 주림은 중도에서 맺지 않으리라.
충족되지 않고서는 침묵하지 않으리라.
도덕으로도 결판을 내릴 수 없으리라.
금욕(禁慾)으로써 내가 기를 수 있었던 것은 오직 영혼뿐이었다.

만족이여! 나는 너희들을 찾고 있다.
너희들은 여름의 새벽처럼 아름다워라.

저녁에는 한결 더 삼삼하고 낮에는 감미로운 샘물들, 싸늘한 새벽의 물. 바닷가의 산들바람. 돛대들 가득 모인 항만. 율동하는 바닷가의 미지근한 공기……

오! 벌판으로 가는 길이 또 있다면. 한낮의 무더움, 들에서 마시는 물, 밤에는 푸근한 낟가리 움푹 팬 잠자리.

동방으로 가는 길들이 있다면. 정든 바다 위에 달리는 배로 갈라지는 물결, 모술의 동산들, 투구르에서 볼 수 있는 춤들, 엘베치아 목인(牧人)의 노래들.

북방으로 가는 길들이 있다면. 니지니의 장터, 눈보라 휘날리는 썰매들, 얼어붙은 호수들, 진정으로 나타나엘, 우리의 욕망들은 지칠 줄을 모르리라.

배들이 이름도 모를 해안으로부터 무르익은 과실들을 싣고 항구에 들어왔다. 어서 빨리 짐을 풀어라. 우리가 맛볼 수 있도록.

양식들이여!
나는 너희들을 기대하고 있다, 양식들이여!
만족이여, 나는 너희들을 찾고 있다.
너희들은 여름의 웃음처럼 아름답다.
나는 안다, 이미 대답이 준비되어 있지 않은 욕망이라고는
나는 하나도 가지고 있지 않음을.
나의 굶주림들은 저마다 보답을 기다리고 있다.
양식들이여!

나는 너희들을 기대하고 있다, 양식들이여.

온 공간을 헤매어 나는 너희들을 찾고 있다.

나의 모든 욕망의 만족을.

*

지상에서 내가 안 가장 아름다운 것.

아아! 나타나엘, 그것은 나의 주림이다.

그것을 기다리는 모든 것에

주림은 항상 충실하였다.

꾀꼬리는 술에 취하는 것일까?

독수리는 젖에? 그리브새는 즈니에브르 술로 취하지 않는 것일까?

독수리는 제 날음에 취하고 꾀꼬리는 여름 밤에 취한다. 벌판은 더위에 떤다. 나타나엘이여, 모든 감동이 그대에게 도취가 되도록. 그대가 먹는 것에 취하지 않는다면, 그것은 그대가 충분히 굶주리지 않았던 탓이다.

완전한 행위는 모두가 쾌락을 동반하기 마련이다. 그것으로써 그대는 완전한 행위를 해야만 한다는 것을 알 수 있다. 고통스럽게 일했다는 것을 자랑으로 여기는 사람들을 나는 좋아하지 않는다. 왜냐하면 고통스러웠다면 다른 일을 하는 편이 나았을 것이기 때문이다. 일에서 발견하는 기쁨이 곧 그 일이 제게 맞는 일이라는 표적이다. 나의 쾌락의 성실성이, 나타나엘이여, 그것이 나에게 가장 중요한 길잡이다.

나의 육체가 매일 갈망할 수 있는 쾌락과 나의 머리가 감당할 수 있는 쾌락을 나는 알고 있다. 그 뒤에 나의 잠은 시작될 것이다. 땅도 하늘도 나에게는 그 이상의 아무런 가치를 갖지 못한다.

*

자기가 갖지 못한 것을 바라는 터무니없는 병들이 있다.

그들은 말한다.

"우리들도 우리 넋의 비통한 권태를 알게 될 것이다."

아둘람의 동굴에서, 다윗, 그대는 저수지의 물을 그리워했다. 그대는 말했다. "오오, 베들레헴 성벽 밑에서 솟는 시원한 물을 누가 나에게 갖다줄 것인가. 어렸을 적에 나는 그 물로 목을 축였다. 그러나 지금 그 물은, 나의 열이 갈망하는 그 물은 적의 수중에 들어 있다."

나타나엘이여, 과거의 물을 다시 맛보려고 애쓰지 말라.

나타나엘이여, 미래 속에서 과거를 다시 찾으려 하지 말라. 각 순간의 유다른 새로움을 붙들어야 한다. 그리고 그대의 기쁨을 미리부터 준비하지 말라. 차라리 준비되어 있던 곳에서 '다른' 기쁨이 그대 앞에 나타나게 되리라는 것을 알라.

모든 행복은 우연히 마주치는 것이어서, 네가 노상에서 만나는 거지처럼 순간마다 그대 앞에 나타난다는 것을 어찌하여 깨닫지 못했단 말인가. 그대가 꿈꾸던 행복은 그런 것이 아니었다. 그 이유로 그대의 행복은 사라져버렸다고 생각한다면 ― 그리고 오직 그대의 원칙과 소망에 일치하는 행복만을 인정한다면 그대에게 불행이 있으리라.

내일의 꿈은 하나의 기쁨이다. 그러나 내일의 기쁨은 그와는 다른 또 하나의 기쁨인 것이다. 그리고 다행히도 자기가 품었던 꿈과 비슷한 것은 아무것도 없는 것이다. 왜냐하면 사물마다 제각기 '다른' 가치가 있는 것이니까.

"오너라, 나는 이러저러한 기쁨을 준비해놓았다" 하고 너희들이 말하는 것을 나는 좋아하지 않는다. 나는 우연히 마주치는 기쁨, 그리고 나의 목소리가 바위에서 솟게 하는 기쁨밖에는 좋아하지 않는다. 그 기쁨들은 압착기에서 넘치는 새 포도주처럼 우리들을 위해 새롭고 힘차게 흐를 것이다.

나의 기쁨이 꾸며지는 것을 나는 좋아하지 않으며, 슐라미트가 여러 방을 거치는 것도 나는 좋아하지 않는다. 입 맞추기 위해서 나는 포도송이가 남긴 입가의 얼룩을 씻지 않았다. 입을 맞추고 나서 나는 입술이 식을 사이도 없이 달콤한 포도주를 마셨다. 그러고는 벌집의 꿀을 밀랍과 함께 먹었다.

나타나엘이여, 어떠한 기쁨도 미리 준비하지 말라.

*

'다행이로군' 하고 말할 수 없는 경우에는 '할 수 없지' 하고 말하라. 거기에 행복의 커다란 약속이 있다.

행복의 순간을 신이 내려주신 것으로 생각하는 사람들이 있다 — 그럼 다른 순간들은 신이 아닌 누가 주었다는 말인가.

나타나엘이여, 신과 그대의 행복을 구별하지 말라.

만약에 내가 이 세상에 태어나지 않았더라면, 내가 존재하지 않는다고 신을 원망할 수도 없는 것처럼 나를 만들어주셨다고 신에게 감사할 수도 없는 일이다.

나타나엘이여, 신에 관한 이야기는 오직 자연스럽게 해야만 한다.

일단 존재가 인정된 다음에는, 대지의 존재, 인간의, 그리고 나 자신의 존재가 자연스럽게 보여지기를 나는 바란다. 그러나 그런 것을 깨닫고 새삼스레 놀라게 되니 나의 지성도 무색할 지경이다.

진실로 나도 송가(頌歌)를 불렀으며 다음과 같은 것을 쓰기도 하였다.

롱드

신의 존재의 아름다운 근거

나타나엘이여, 가장 아름다운 시흥(詩興)은 신의 존재의 수많은 증거에 관한 감동이라는 것을 그대에게 가르쳐주마. 그대도 알겠지, 그런 것들을 여기에서 다시 이야기할 필요가 없으리라는 것을. 더구나 그것들을 그저 단순히 되풀이할 필요는 없을 것이다 — 그런데 신의 존재만을 증명하는 사람들이 있다 — 우리에게 필요한 것은 신의 영겁성인 것이다.

물론 나도 잘 안다. 성(聖) 앙셀므의 논증이 있다는 것을, 그리고 완전한 복지(福祉)의 섬들의 우화가 있다는 것을.

그러나, 오호라! 누구나 다 그곳에서 살 수 있는 것은 아니다.

대다수의 사람들의 일치된 의견이 있다는 것을 나도 안다.

그러나 그대는 선택된 소수의 사람이 있음을 믿고 있다.

2×2는 4라는 식의 증명법이 있다.

그러나 나타나엘이여, 누구나 다 정확한 셈을 할 줄 아는 것은 아니다.

최초의 원동력을 내세우는 증명이 있다.

그러나 그보다 먼저 있던 원동력도 있는 것이다.

나타나엘, 우리가 그때 거기에 있지 못했다는 것이 한스럽구나.

남자와 여자가 창조되는 광경을 볼 수가 있었을 것을.

그들이 어린아이로 태어나지 않은 것에 놀랐을 것을.

엘브루즈의 세드르나무들은 벌써 빗물로 패인 산 위에서

이미 수백 년의 고목(古木)으로 태어나 지친 모습이었을 터이고.

나타나엘! 세상의 여명을 그때 눈앞에 볼 수 있었더라면! 그 무슨 게으름으로 우리는 아직도 일어나지 않았더란 말인가? 그대는 오래 살기를 원하고 있지 않았던가? 아아, 나는 확실히 살기를 원하였다…… 그러나 그때 신의 영(靈)은 시간 밖에서 자다가, 물 위에서 겨우 눈을 떴을 뿐이었다. 만약에 내가 그때 거기 있었더라면, 나타나엘, 나는 신에게 모든 것을 좀 더 널따랗게 만들도록 청을 드렸을 것이다. 그러나 그대여, 그때에는 아무것도 알아볼 수 없었을 것이라고 대답하진 말라.*

궁극 원인에 의한 증명이 있다.

그러나 누구나 다 목적이 수단을 정당화한다고 믿지는 않는 것이다.

신에 대하여 느끼는 사랑에 의해서 신을 증명하는 사람들이 있다. 그렇기 때문에, 나타나엘이여, 나는 내가 사랑하는 모든 것을 신이라 불렀고 모든 것을 사랑하고자 하였던 것이다. 그것들을 일일

---

* "둘에 둘을 합해도 넷이 되지 않는 다른 세계를 나는 뚜렷이 상상할 수 있다"고 알시드가 말했다. "허허, 못 믿을 얘긴걸" 하고 메날크는 대답했다.

이 엮어내리지는 않을 테니 걱정하지 말라. 그렇더라도 그대를 먼저 꼽지는 않을 것이다. 나는 인간들보다는 많은 사물을 더 좋아하였고, 내가 지상에서 무엇보다도 사랑한 것도 인간들이 아니다. 왜냐하면, 오해하지 말라, 나타나엘이여. 내가 지니고 있는 것으로서 가장 강한 것, 그것은 확실히 선함이 아니며 가장 좋은 것도 아니라고 생각한다. 인간들에게 있어서 특히 내가 존중하는 것도 선함이 아니다. 나타나엘, 인간들보다 그대의 신을 더 사랑하라. 나 역시 신을 찬양할 줄 알았다. 신을 위하여 나도 송가를 불렀다 — 그러는 중에는 가끔 지나치게 찬양했다고까지 생각된다.

"체계를 세우는 것이 자넨 그렇게도 재미가 있는가?" 하고 그가 말했다. 내가 대답하기를 "나에겐 윤리처럼 재미있는 것이 없어. 정신의 만족을 거기서 얻을 수 있거든. 윤리를 정신에 결부시키려고 하지 않고는 나는 아무런 기쁨도 맛볼 수가 없어".
"그러면 기쁨이 커지는가?"
"그렇지는 않지만 나의 기쁨이 정당하게 되지."

확실히 어떤 주의라든가 어떤 정연한 사상의 완전한 체계가 나 자신에게 나의 행동을 정당화해주는 것을 흔히 나는 좋아하였다. 그러나 때로는 그것이 나의 관능의 도피처로밖에 생각되지 않기도 하였다.

*

모든 것은 제때에 오게 마련이다, 나타나엘이여. 사물마다 제 요구에서 태어나는 것이어서, 말하자면 외부로 나타난 하나의 요구에 불과하다.

"나에게는 폐(肺)가 필요하다"고 나무는 말하였다. "그리하여 나의 수액(樹液)은 잎이 되어 호흡을 할 수 있게 되었던 것이다. 그리고 내가 호흡을 하고 난 다음에 나의 잎은 떨어졌으나 나는 그래도 죽지 않았다. 나의 열매는 생명에 관한 나의 온 세상을 간직하고 있다."

나타나엘이여, 내가 이와 같은 우화의 형식을 남용한다고 걱정하지 말라. 나도 그런 것을 그다지 찬성하지 않으니까. 나는 그대에게 생명 이외의 다른 예지를 가르쳐주고 싶지 않다. 생각한다는 것은 크나큰 시름이기 때문이다. 나는 젊었을 때 나의 행동의 결과를 멀리 더듬어 보느라고 지친 일이 있었다. 그리하여 행동을 포기하지 않고서는 죄를 범하지 않으리라는 확신을 가질 수 없게 되었던 것이다.

그러고 나서 나는 이렇게 썼다. "오직 나의 넋을 회복할 수 없게 독해(毒害)함으로써만 나는 나의 육체의 구원을 얻을 수 있었다"고. 그러고 보니 도대체 무슨 소리를 하려고 한 것인지 전혀 알 수가 없었다.

나타나엘이여, 나는 이미 죄악이라는 것을 믿지 않는다.

50

그러나 그대는 많은 기쁨을 대가로 치러야만 사색의 권리를 조금 얻을 수 있다는 것을 알게 될 것이다. 스스로 행복하다고 생각하며 사색하는 사람, 그런 사람이야말로 진정한 강자라고 할 수 있을 것이다.

나타나엘이여, 모든 사람들의 불행은 항상 저마다 자기 나름으로 바라보며, 보는 것을 모두 자기에게 종속시키는 데에서 오는 것이다. 사물들 하나하나가 중요한 것은 우리들을 위해서가 아니라 그 사물 자체를 위해서다. 그대의 눈은 그대가 보는 사물 바로 그것이어야 할 것이다.

나타나엘! 나는 그대의 아름다운 이름을 부르지 않고서는 단 한 줄의 시도 쓸 수 없다.

나타나엘이여, 나는 그대를 생명으로 태어나게 해주고 싶다.

나타나엘, 그대는 나의 말의 비장한 뜻을 충분히 이해하는가? 나는 더욱 그대에게로 가까이 가고 싶다.

마치 엘리사가 슐라미트의 아들을 소생시키기 위하여 그의 위에 — 입에 입을, 눈에 눈을, 손에 손을 대고 누웠듯이 — 빛나는 나의 심장을 아직도 어둠에 잠긴 그대의 심혼에 붙이고, 나의 입을 그대의 입에, 나의 이마를 그대의 이마에 얹고, 그대의 싸늘한 손을 나의 타는 듯한 손에 쥐고, 가슴을 두근거리며 그대의 몸 위에 내 몸을 겹쳐 눕고 싶다……

('그리하여 어린아이의 육체는 훈훈하게 온기가 돌았더라'고 쓰여 있

다……) 그대가 쾌락 속에서 눈을 뜨고 — '나를 버린 다음' — 약동하고 분방한 생(生)으로 출발할 수 있도록.

나타나엘이여, 나의 넋의 화끈한 열이 여기 있다 — 그것을 가지고 가거라.

나타나엘, 그대에게 열정을 가르쳐주마.

나타나엘이여, 그대를 닮은 것 옆에 머물지 말라. 결코 '머물지 말라'. 나타나엘이여, 주위가 그대와 흡사하게 되면, 또는 그대가 주위를 닮게 되면 거기에는 이미 그대에게 이로울 만한 것이 없다. 그곳을 떠나야만 한다. '너의' 집 안, '너의' 방, '너의' 과거보다 더 너에게 위험한 것은 없다. 무엇이건 그것이 그대에게 줄 수 있는 교육만을 거기서 받아라. 그리고 거기서 철철 흘러나오는 쾌락을 끝까지 흘려 그것을 고갈시키도록.

나타나엘이여, 그대에게 '순간들'을 이야기해주마. 그 각 순간의 '현존(現存)'이 얼마나 힘찬 것인지 그대는 아는가? 그대가 그대의 생의 가장 짧은 순간에까지 충분한 가치를 부여하지 못한 것은 죽음에 대하여 충분히 꾸준한 생각을 지속하지 못했기 때문이다. 한 순간이, 말하자면 몹시 캄캄한 죽음을 배경으로 하고 떠올라 있는 것이 아니라면, 그처럼 영롱한 빛을 던지지 못하리라는 것을 그대는 모르는가?

모든 일을 할 시간이 나에게는 얼마든지 있다는 것이 예고되어 있고 증명되어 있다면 나는 아무것도 하려고 하지 않을 것이다. 다른 모든 일도 할 시간이 있으므로, 어떤 일을 시작하려다가 그만두고 우선 나는 쉬고 볼 것이다. 만약에 이 같은 나의 생의 형태가 종말이 있다는 사실을 내가 모른다면 ― 그리고 이 생을 살고 나면 나는 밤마다 내가 기다리는 잠보다 좀 더 깊고 좀더 망각이 짙은 잠 속에 쉬리라는 것을 모른다면, 내가 하는 일이란 이래도 좋고 저래도 좋은 일밖에 못 될 것이다.

*

그리하여 나는 하나하나가 고립된 온전한 하나의 기쁨이 될 수 있도록 각 순간을 나의 생애로부터 '분리시키는' 습관을 붙였다. 거기에 특수한 행복의 형태를 고스란히 집중시킬 수 있기 위해서. 그렇기 때문에 나는 가장 가까운 추억에서도 현재의 나 자신을 찾아보기 어렵게 되었던 것이다.

*

나타나엘이여, 그저 다음과 같이 긍정하기만 해도 거기에는 커다란 즐거움이 있느니라 ― 종려나무의 열매는 야자라고 하는데, 참으로 맛이 좋다.

종려나무의 술은 라그미라고 불리며, 수액을 발효시켜 만든 것이다. 아라비아인들은 그것에 취하지만 나는 별로 좋아하지 않는다.

우아르디의 아름다운 정원에서 카빌의 목동이 나에게 준 것은 한 잔의 라그미였다.

*

오늘 아침 '샘터'로 가는 길가에서 산보를 하다가 이상한 버섯을 발견했다.

흰 막으로 둘러싸였고, 마치 황갈색의 목련 열매처럼 회색 빛깔의 정연한 무늬가 있었다. 그 무늬들은 속으로부터 나온 포자분(胞子粉)으로 되어 있음을 알 수 있었다. 막을 터뜨려보았더니 걸쭉한 것이 가득히 고여 있고 가운데는 말간 젤리처럼 되어 있었는데, 메스꺼운 냄새가 풍겼다.

그 둘레에 더 벌어진 버섯들이 많이 있었다. 그것들은 고목 밑동에 돋아 있는 것을 흔히 볼 수 있는 편편한 해면질의 혹과 같았다.

(나는 이 글을 튀니스로 떠나기 전에 썼다. 무엇이든지 주의하여 보게 되자, 그것이 나에게는 얼마나 중대한 존재가 되었던가. 그것을 그대에게 보여주기 위해서 여기에 베껴놓는다).

옹플뢰르(거리에서)

이따금 다른 사람들은 오로지 나의 마음속에 개인적 생명감을 증대시켜주기 위해서만 내 주위에서 복작거리고 있는 것처럼, 나에게는 느껴지곤 했다.

어제도 이곳에 있었고 오늘도 여기에 있다.

이 모든 사람들이 도대체 나에게 무슨 상관인가.

그들은 말하고 말하고 또 말한다.

어제도 이곳에 있었고 오늘도 여기에 있다고……

2×2는 여전히 4라고 스스로 되풀이하는 것이 '어떤' 지복(至福)
으로 나를 가득히 채워주던 날들이 있었음을 나는 안다 — 그리고
테이블 위에 놓인 '나의' 주먹을 보기만 하여도……

그리고 그런 것이 나에게는 조금도 대수로운 것이 아닌 날들도
있었음을 나는 또 알고 있다.

3장

빌라 보르게즈에서

그 수반(水盤) 속에서는……(그늘져 어스름한데) ……모든 물방울, 모든 존재가 쾌락 속에 죽어가고 있었다.

쾌락! 이 말을 나는 부단히 되풀이하고 싶다. 이 말이 '복된 삶'의 동의어였으면 한다. 아니 그저 삶이라고만 말했으면 하는 것이다.

아아, 신은 단순히 그것만을 위해서 이 세상을 만든 것이 아니라는 것, 그것은 여사여사하다고 이론을 붙여 생각하지 않고서는 도저히 이해할 수 없는 일이다.

그곳은 말할 수 없이 시원한 곳으로, 거기서는 자기만 해도 즐거워 마치 나는 여태껏 자는 것의 즐거움을 모르고 지냈던 것 같다.

또 거기에는 감미로운 양식들이 우리가 시장해지기를 기다리고 있었다.

동아줄을 다루는 수부들의 노랫소리가 귀에 거슬린다.

오오, 무척 늙었건만 그렇게도 젊은 대지여, 인간의 짧은 생의 이 쓰고도 달콤한 맛의 감미로움을 네가 안다면, 정말로 네가 안다면!

덧없는 외형이라는 집요한 생각이여, 임박한 죽음의 기다림으로 인하여 순간이 얼마나 가치를 갖게 되는가를 네가 안다면!

오오, 봄이여! 한 해밖에 살지 못하는 초목들은 그들의 가냘픈 꽃을 더욱 서둘러 피우지 않는가? 인간에게 봄은 일생 동안 한 번밖에 없다. 그리고 기쁨의 추억이 새로 찾아오는 행복일 수는 없는 것이다.

피에졸의 언덕에서

아름다운 플로렌스, 근엄한 학업과 영화와 꽃의 도시. 무엇보다도 진지한 도시. 미르타의 열매, 그리고 날씬한 '월계수 화관'.

빈칠리아타의 언덕, 거기서 나는 처음으로 창공 속으로 구름들이 녹아드는 것을 보았다. 그처럼 구름이 하늘에 흡수될 수 있는 것이리라고는 생각하지 못했던 까닭에 나는 몹시 놀랄 뿐이었다. 구름이란 비가 되어 떨어지기까지 그대로 뭉기어 짙어지기만 하는 것이라고 생각했던 것이다. 그러나 아니었다 — 모든 구름송이들이 하나씩 하나씩 사라지는 것을 나는 바라보고 있었다 — 그리하여 남는 것은 다만 창공뿐이었다. 그야말로 신기한 죽음이었다. 창공에서의 소멸이었다.

로마, 몬테 핀치오에서

그날 나를 기쁘게 해준 것은 사랑과 비슷한 그 무엇이었다 — 그러나 사랑은 아니었다 — 적어도 사람들이 이야기하고 찾는 것과 같은 그러한 사랑은 아니었다 — 미적(美的) 감정도 아니었다. 그것은 여자로부터 오는 것도 아니었고, 나의 상념으로부터 오는 것도 아니었다. 그저 빛의 발산일 따름이었다고 내가 말한다면, 그대는 나의 글을 이해해주겠는가?

나는 그 정원에 앉아 있었다. 태양은 보이지 않았다. 그러나 마치 하늘의 푸른빛이 액체가 되어 흘러내리기나 하듯이 대기가 아늑한 빛으로 반짝이고 있었다. 그렇다, 진정으로 빛은 파동하며 소용돌이치고 있었다. 이끼 위에는 물방울 같은 불꽃이 보였다. 그렇다, 진정으로 그 널따란 길 위에 빛이 흐르고 있는 것 같았다. 그리고 그 빛의 흐름 속에서 황금색 거품들이 나뭇가지들 끝에 맺혀 있었다.

*

나폴리. 바다와 태양을 향한 조그만 이발소. 뜨거운 둑길. 들어서
며 쳐들어올리는 발. 그러고는 몸을 맡겨버리듯이 걸터앉는 것이
다. 이런 상태가 오래 계속되려는가? 평온. 이마에 흐르는 땀. 뺨 위
에서 싸늘하게 거품 이는 비누. 이발사는 수염을 깎고 나서 다시 더
욱 능란한 솜씨로 면도질을 하더니, 이번에는 피부를 부드럽게 하
기 위하여 더운물에 적신 조그만 해면으로 얼굴을 어루만지며 입술
을 쳐든다. 그러고는 향기롭고 산뜻한 물로 얼얼한 피부를 씻는다.
그다음에는 또 향유로 가라앉힌다. 아직도 움직이기 싫어서 나는
머리를 깎게 한다.

아말피에서(밤)

알지 못할 그 어떤 사랑을
기다리는 밤들이 있다.

바다를 굽어보는 조그만 방, 너무나 밝은 달빛이 나의 잠을 깨웠
다, 바다 위에 비치는 달빛이.

창문에 가까이 갔을 때, 나는 이제 새벽이 되어 태양이 떠오르는
것을 보게 되려니 하였다 ― 그러나 아니었다 ― (그것은 이미 충만
하게 이루어진 광경) ― '달' ―《파우스트》제2부에서 헬렌을 맞이할
때처럼 부드럽고 부드러운 달이었다. 황량한 바다. 죽음에 묻힌 마

을. 어둠 속에 개 짖는 소리…… 창문에는 자물쇠가 달려 있고……

인간이 몸 담을 곳이라곤 조금도 없다. 그 모든 것들이 어떻게 깨어나게 되는지 알 수 없다. 개의 비통한 울음소리. 낮은 다시 오지 않을 것 같다. 잠을 잘 수가 없다. 그대라면 하겠는가 — (이것을 혹은 저것을) —

고요한 정원으로 나가겠는가?

바닷가로 내려가서 목욕하겠는가?

달 아래서 회색으로 보이는 오렌지를 따러 가겠는가?

개를 쓰다듬어 달래주겠는가!

(나는 얼마나 여러 번 자연이 나에게 어떤 몸짓을 요구하는 것을 느꼈는지 모른다. 그러나 어떤 몸짓을 해주어야 옳을지 몰랐다.)

좀체로 오지 않는 잠을 기다리는 수밖에 없다.

소녀 하나가 계단을 스치어 늘어진 나뭇가지에 매달리면서 담장에 둘러싸인 정원까지 나를 따라왔다. 계단은 정원에 잇달린 테라스로 나가게 되어 있었다. 거기에는 들어갈 수 없어 보였다.

오! 나뭇잎 밑에서 어루만진 조그만 얼굴! 아무리 짙은 그늘일지라도 너의 얼굴빛을 흐리게 하지는 못하리라. 네 이마 위에 늘어진 머리털의 그늘이 언제나 더욱 짙어 보인다.

덩굴과 나뭇가지를 더듬으며 나는 그 정원으로 내려가리라. 그리하여 새들의 보금자리보다도 더 노랫소리 가득 찬 그 숲 속에서 애정에 사무쳐 흐느껴 울리라 — 황혼이 내릴 때까지. 분수의 신비로

운 물을 금빛으로 물들였다가 이윽고 깊은 어둠 속으로 잠겨버리게
될 밤이 내릴 때까지.

나뭇가지 밑에서 끌어안은 섬세한 육체,
섬세한 손가락으로 진주빛 살결을 매만졌다.
소리 없이 모래 위에 내려 눕는 그의 섬세한 발을 나는 보고 있
었다.

시라쿠사에서

밑이 평평한 배. 낮게 드리운 하늘은 이따금 훈훈한 비로 변하여
내리고, 물속에서 자라는 풀들의 흙탕 머금은 냄새, 얼크러진 줄기,
솟아오르는 이 푸른 샘도 깊은 물 때문에 자취를 볼 수 없다. 아무 소
리도 들리지 않는다. 이 황량한 평원 속에서, 이 천연의 번듯한 수반
속에서, 물이 파피루스나무들 사이로 피어오른 꽃처럼 넘실거린다.

튀니스에서

푸르디푸른 하늘 속에 흰 것이라곤 다만 한 폭의 돛, 초록이라고
는 물 위에 어리는 돛의 그림자뿐.

밤, 어둠 속에 반짝이는 반지들.

달빛 흐르는데 사람들 거닐며, 낮과는 판이한 상념들.

사막에 비치는 불길한 달빛. 묘지를 서성거리는 마귀들. 푸른 돌
바닥을 디디는 맨발들.

말타에서

아직 환하게 밝으면서 그늘이 사라졌을 때, 광장 위에 내리는 여
름철의 황혼이 빚어내는 야릇한 도취감. 특이한 흥분.

나타나엘이여, 내가 본 그지없이 아름다운 정원들의 이야기를 해
주마.

플로렌스에서는 장미꽃을 팔고 있었다. 어떤 날에는 시가 전체가
향기를 뿜는 듯했다. 저녁이면 나는 카시나를 산보하곤 했다. 그리
고 일요일에는 꽃 없는 보볼리 동산을 거닐었다.

세빌에는 지랄라 근처에 회교사원(回敎寺院)의 낡은 마당이 있
다. 오렌지나무들이 여기저기 균형을 이루도록 자리잡고 서 있다.
그 나머지 빈 터에는 돌이 깔려 있다. 뙤약볕이 내리쬐는 날엔 아주
조그만 그림자밖에 볼 수 없다. 담장으로 둘러싸인 네모진 마당이
다. 굉장히 아름다운 곳이다. 그러나 왜 그렇게 아름다운지 그대에
게 설명은 할 수 없다. 시외에는 철책을 둘러친 커다란 정원 속에서
열대식물들이 무수히 자라고 있다. 들어가진 않았지만 철책 너머로
들여다보았다. 펭타드새들이 뛰어다니는 것을 보고 길들인 짐승이
많이 있을 것이라고 생각했다.

알카자르에 관해서는 무슨 말을 그대에게 하면 좋을까? 페르시아처럼 꿈결 같은 동산. 그대에게 말하고 있노라니 다른 어느 정원들보다도 그곳이 좋아진다. 하피즈를 다시 읽으면서 나는 그곳을 생각한다.

술을 갖다 다오.
옷에 얼룩칠을 하여보고 싶구나.
나는 사랑에 취하여 비틀거리건만
사람들은 나를 불러 현자라 하기에.

길에는 분수들이 설치되어 있다. 길들은 대리석으로 포장되고, 미르타나무며 삼목들이 늘어서 있다. 좌우에는 대리석의 못이 있다— 옛날 왕의 애인들이 목욕하던 곳이다. 거기에 보이는 꽃은 장미와 수선과 월계꽃뿐이다. 정원 깊숙이 거대한 나무가 한 그루 서 있는데, 거기에는 불불 한 마리가 앉아 있음직했다. 궁전 곁에 있는 저속한 취미의 못들은 조개로 만들어진 상(像)들이 늘어서 있는 뮌헨 왕궁의 마당을 연상케 한다. 어느 해 봄, 뮌헨의 궁원(宮苑)에서 그칠 줄 모르는 군악대의 연주를 들으며 5월의 향초(香草)를 넣은 아이스크림을 먹은 적이 있었다. 우아한 품은 없어도 음악에 열중하는 청중. 꾀꼬리의 애절한 울음소리에 황홀감이 느껴지는 저녁이다. 독일의 시처럼 그 노래는 나의 가슴을 녹였던 것이다. 황홀감이 너무 강렬해지면 가슴이 벅차져서 눈물 없이 견디기가 어렵다. 그 정원에서 받은 황홀감은 그 시각에 내가 다른 데 있게 되었을지도 몰랐으리라는 생각을 하기가 거의 고통스러울 지경이었다. '기온'이라는 것을 특히 즐길 줄 알게 된 것은 그 해 여름의 일이다. 그러한 쾌감을 느끼기에는 눈꺼풀이 제일 적합하다. 언젠가 기차 안에서 창문을 열어놓고 서늘한 바람의 촉감을 맛보면서 하룻밤을 지낸 일이 생각난다. 눈을 감는 것이었는데 잠자기 위해서가 아니라 '그것' 때문이었다. 하루 종일 더위는 숨막힐 지경이었고, 저녁이 되어도 공기는 훈훈했지만 그래도 나의 타는 듯한 눈꺼풀에는 서늘하게 물이 흐르는 것 같았다.

그라나다에서는 제네랄리프 궁(宮) 테라스에 우거진 협죽도(夾竹桃)들이 꽃을 피우고 있지 않았다. 피자의 캄포 산토에도 꽃은 없었고 성(聖) 마르코스의 작은 수도원에도 장미꽃이 만발했으면 싶었지만 아무것도 없었다. 그러나 로마에서는 몬테 핀치오를 가장 좋은 계절에 볼 수 있었다. 무더운 오후가 되면 사람들이 서늘한 맛을 찾아 그곳으로 모여드는 것이었다. 그 근처에 숙소를 정하고 있던 나는 매일 그곳을 산보하였다. 병든 몸이어서 아무것도 생각할 수 없었다. 자연이 나의 육체 속에 배어드는 것 같았다. 신경장애 탓도 있었겠지만 이따금 나의 육체에 한계를 느낄 수 없게 되곤 했다. 육체는 멀리까지 퍼져가곤 했다. 어떤 때는 쾌락 속에 잠겨 설탕 덩어리처럼 송송하게 잔 구멍이 생기는 것 같았다. 그리하여 나는 녹아버리는 것이었다. 내가 앉아 있는 돌의자에서는 나에게 피로감을 주던 로마의 시가지는 보이지 않았다. 다만 보르게즈의 동산이 내려다보여 멀리 우람한 소나무들이 밑에서 하늘로 뻗쳐 나의 발과 같은 높이까지 다다라 있었다. 오오, 테라스여, 거기서 공간이 뻗어 나가고 있는 테라스여! 오! 공중의 항해……

밤에 나는 파르네즈의 동산을 거닐고 싶었다. 그러나 그곳에 들어가는 것은 금지되어 있었다. 그 숨겨진 폐허 위에 피어난 희한한 식물!

나폴리에는 둑처럼 바다에 잇달린 나지막한 공원들이 있고 거기에는 햇빛이 들어오고 있다.

니므에는 운하들 속에 맑은 물이 넘칠 듯이 흐르는 퐁텐 공원이 있다.

몽펠리에에는 식물원. 어느 날 저녁 앙부루아와 함께 마치 아카데무스의 동산 속에서처럼 삼목으로 둘러싸인 낡은 무덤 위에 앉았던 일이 생각난다. 그리하여 우리들은 장미 꽃잎을 씹으면서 천천히 이야기를 하였던 것이다.

어느 날 밤 우리들은 페루 공원 기슭에서, 멀리 달 아래 은빛으로 반짝이는 바다를 보았다. 우리들 곁에서는 저수지에서 떨어지는 폭포 소리가 들려왔고 흰 술로 몸을 두른 듯한 검은 백조들이 잔잔한 못 위에서 헤엄치고 있었다.

말타에서는 거류민 구역의 공원으로 책을 읽으러 갔었다. 치타베키아에는 아주 조그만 레몬나무 숲이 하나 있었다. '일 보스케토'라고 불리는, 우리들이 좋아하던 곳이다. 무르익은 레몬을 우리는 깨물어 먹었다. 처음에는 시어서 견딜 수 없을 지경이었지만 차츰 시원한 향기를 입 속에 남겨주는 것이었다. 시라쿠사에서도 고대의 유물인 갱옥(坑獄) 속에서 우리는 레몬을 깨물어 먹었다. 헤이그의 공원에는 낯설어하는 것 같지도 않은 사슴들이 뛰놀고 있었다.

아브랑슈의 공원에서는 몽생미셸이 보이고, 저녁에는 멀리 모래터가 불붙는 어떤 물질과 같아 보인다. 매우 작은 도시지만 아름다운 공원들을 가진 도시들이 있다. 그러나 도시도 그 이름도 잊혀지고 만다. 그 공원을 다시 한번 보고 싶건만 다시는 찾아갈 길이 없다.

나는 모술의 공원들을 꿈꾼다. 거기에는 장미꽃이 만발해 있다고 한다. 나스퓨르의 정원은 오마르가 노래하였고, 하피즈는 쉬라즈의 정원을 노래하였다. 우리는 나스퓨르의 정원을 보지 못하리라.

그러나 비스크라의 우아르디 정원을 나는 안다. 목동들이 염소를 지키는 곳이다.

튀니스에 있는 정원은 묘지뿐이다. 알제리의 식물원에서는(거기에는 온갖 종류의 종려나무들이 있다) 전에는 본 적도 없었던 과실을 먹었다. 그리고 블리다에 관해서는, 나타나엘이여, 그대에게 무엇을 이야기하면 좋을까?

아아! 사엘의 풀은 참으로 부드럽다. 그리고 오렌지나무의 꽃이며 그 그늘! 향기 그윽한 동산! 블리다여! 가련한 한 떨기 장미꽃! 이른 겨울에 나는 너를 잘못 보았다. 너의 신성한 숲에는 봄이 되어도 변함없는 나뭇잎들밖에 없었다. 그리고 너의 등나무도 덩굴나무도 불태우기 알맞은 장작 가지 같았다. 산에서 내려오는 눈이 너에게로 가까이 날아왔었다. 방 안에서도 몸을 녹일 수 없었고 너의 비 내리는 동산에서는 더욱이 그랬다. 피히테의 《과학설(科學說)》을 읽으면서 나는 다시금 종교적 감정에 사로잡히는 것 같은 심정을 억누를 길 없었다. 나는 온순해졌다. 사람이란 자기의 슬픔에 인종(忍從)할 수밖에 없는 것이라고 생각하며, 그러한 모든 것으로 미덕을 쌓아보려고 했다. 이제 나는 신발의 먼지를 털어버렸다. 바람이 그 먼지를 어디로 싣고 갔는지 누가 알 수 있으랴? 내가 예언자처럼 방황하였던 사막의 먼지. 너무나 말라서 산산이 부서지던 돌멩이. 나의 발밑에서 돌은 타는 듯 뜨거웠다(태양이 엄청나게 그것을 달구었기 때문이다). 사엘의 풀밭에서 이제 나의 발이여 쉬라. 우리들의 모든 말이 사랑의 말이 되기를! 블리다여! 블리다여! 가련한 한 떨기 장미꽃! 나뭇잎과 꽃으로 가득 찬 따뜻하고 향기로운 너를 나는 보았다. 겨울의 눈은 이미 사라졌다. 너의 신성한 정원에서는 흰 사원(寺院)이 신비롭게 빛나고, 덩굴나무는 꽃 밑에서 휘어지고 있었다. 등나무가 엮어놓은 화환 밑에 올리브나무가 자태를 감추고 있었다. 달콤한 공기가 오렌지꽃에서 풍기는 향기를 몰아오고 가냘픈 귤나무들조차 향기로웠다. 추위로부터 해방된 유칼립투스나무들은 높이 솟은 가지에서 낡은 껍질을 떨어뜨리고 있었다. 낡아빠지도록 나무를 감싸고 있던 껍질이 태양 때문에 소용없게 된 옷처럼 흘러내리는 것이었다. 겨울이 아니면 값 없는 나의 낡은 도덕과 마찬가지로.

회향(茴香)의 커다란 줄기들(황금빛 일광 밑에, 또는 육중한 유칼립투스나무의 쪽빛 잎사귀 밑에 녹금색(綠金色)의 꽃들이 찬연히 피어 있다). 그 초여름날 아침 사엘을 향하여 거닐던 길가에 회향들은 비길 데 없이 화려하였다.

그리고 놀란 듯한 또는 태연한 듯한 유칼립투스나무들.

자연에 참여하지 않은 것이 없다. 거기서 벗어날 수는 없는 것이다. 모든 것을 총괄하는 물리의 법칙. 어둠 속을 달리는 열차, 아침이 되면 열차는 이슬로 뒤덮인다.

밤마다 얼마나, 아아 — 선실의 둥그런 유리창, 닫혀진 현창(舷窓)이여 — 밤마다 얼마나 잠자리에서 너를 바라보며 생각하였던 것이랴 — '저 현창이 밝아지면 새벽이 될 것이다. 그러면 일어나서 멀미를 떨쳐버리리라. 새벽은 바다를 씻어줄 것이다. 그리고 우리들은 미지의 땅에 도달하게 되리라.' 새벽은 왔으나 바다는 가라앉지 않았으며 육지는 아직도 멀어 동요하는 해면 위에 나의 상념은 비틀거렸다. 온몸에서 가셔지지 않는 파도의 멀미, 저 넘실거리는 장루(檣樓)에 무슨 상념을 얽매어볼까 하고 나는 생각하였다. 파도여, 저녁 바람에 휘날리는 물밖에는 볼 수 없을 것이란 말인가? 나는 나의 사랑을 파도 위에 뿌린다. 나의 상념을 불모의 만경창파 위에 뿌린다. 나의 사랑은 연속되는 한결같은 파도 속으로 잠겨버린다. 파도들은 지나가고 눈은 그것들을 분간할 수도 없다 ― 형상 없이 동요해 마지않는 바다, 인간 세계에서 멀리 떨어져 너희들은 말이 없다. 그 유동성을 가로막는 아무것도 없다. 그러나 아무도 그 침묵을 들어볼 수 없다. 지극히 연약한 배에 이미 파도는 부딪쳐 그 소리는 풍랑의 요란함을 알려준다. 커다란 파도들이 밀려와서는 소리도 없이 서로 뒤를 이어간다. 파도는 파도에 뒤를 이어. 어느 파도나 한결같이 같은 물을, 자리를 거의 옮기지도 않고 밀어올린다. 다만 형태만이 움직일 뿐. 물은 휩쓸렸다가 떨어질 뿐으로 뒤를 쫓지는 않는다. 모든 형태는 지극히 짧은 순간 같은 존재로 나타날 뿐이다. 모든 것을 통하여 형태는 그대로 계속되다가는 이어 그 존재를 포기한다. 나의 넋이여! 어떠한 사상에도 얽매이지 말라. 어떠한 사상이든 그것을 휩쓸어가는 바닷바람에 던져버려라. 천국에까지 사상을 가지고 갈 수는 없을 것이다.

파도의 움직임! 나의 사상을 그처럼 넘실거리게 만들어준 것은 너희들이다! 파도 위에 너는 아무것도 쌓을 수 없으리라. 어떠한 무게라도 파도는 피하여 달아나고 만다. 이 어이없는 표류 끝에, 이 정처 없는 방황 끝에 다사로운 항구는 올 것인가? 그리하여 회전등대 가까이 튼튼한 제방 위에서 마침내 안식을 얻은 나의 넋이 바다를 바라볼 수 있을 것인가?

4장

1

어느 정원 안에
— 플로렌스의 언덕 위(피에졸 맞은편의 그 언덕)
— 그날 저녁 우리는 거기에 모여 있었다.

그러나 너희들은 모를 것이다, 알 리가 없다. 앙게르, 이디예, 티
티르여, 나의 청춘을 불사른 열정을 하고 메날크는 말하였다(나타
나엘이여, 이제 나는 그대에게 그것을 나의 이름으로 거듭 말하는 바이다).
나에게는 시간이 달아나버리는 것이 안타깝기 짝이 없었다. 선택
을 해야만 한다는 것이 나에게는 언제나 견딜 수 없는 일이었다. 선
택한다는 것은 선택하는 것이라기보다는 선택하지 않는 것을 물리

치는 것이라고 나는 생각했다. 시간의 협착함과 시간이 하나의 차원밖에 갖고 있지 않다는 사실을 깨달았던 것이다. 폭이 널따란 것이었으면 하고 바랐지만 그것은 한낱 선(線)에 지나지 않았고, 나의 욕망들은 그 선 위를 달리면서 서로 짓밟지 않으면 아니 되었다. 나는 이것 아니면 저것밖에 할 수 없었다. 만약에 이것을 하면 곧 저것이 아쉬워져서, 나는 번번이 애타는 마음으로 두 팔을 벌린 채 아무것도 할 엄두를 내지 못하였다. 잡으려고 팔을 웅크리면 무엇이든 '하나'밖에 잡히지 않을까 봐 겁이 났던 것이다. 그때부터 다른 많은 공부를 단념할 결심이 서질 않아서 무슨 공부든지 오래 계속하지 못했다는 것이 나의 일생의 과오가 되고 말았다. 무엇이든지 그러한 대가를 치러야만 살 수 있다는 것은 너무 값비싸게 생각되었고, 이론으로 나의 고민은 해결될 수 없었다. 휘황찬란한 것들이 가득찬 시장에 들어섰지만 쓸 수 있는 돈이라고는 (누구의 덕분인가?) 너무나 적은 액수에 지나지 않는다는 것! 쓸 수 있는 돈! 선택한다는 것은 영원히, 언제까지나, 다른 모든 것을 포기해버리는 것이었으며, 수많은 그 '다른 것들'이 어떠한 하나보다도 더 좋아 보였다.

지상에서의 모든 '소유'에 대한 나의 반감은 그 때문이기도 하였다. 그것밖에 소유할 수 없게 된다는 사실이 나에게는 두려운 것이다.

상품이여! 저장품이여! 수많은 물품들이여! 왜 너희들은 순순히 몸을 내맡겨주지 아니하는가? 지상의 재물들은 탕진되어버리고 만다는 것을 나는 안다(무진장으로 대치되는 것들이 있기는 하지만). 그리고 또 나는 내가 잔을 비웠고, 나의 형제여, 그대의 잔도 비어 있다는 것을 알고 있다(샘터가 가까이 있기는 하여도). 그러나 너희들, 형상 없는 상념들이여! 자유로운 생의 형태들, 지식과 신의 인식이며, 진리의 잔, 마르지 않는 잔들이여, 왜 우리들의 입술에 흘러들기에 인색한가? 우리들의 갈증이 아무리 심해도 너희들을 말라버리게 할 수는 없을 것이며, 너희들의 물은 연달아 새로 내미는 입술을 위해 항상 신선하게 넘쳐흐를 것이거늘 —

나는 이제 알게 되었다, 이 광대한 영천(靈泉)의 모든 물방울들이 한결같이 가치를 지니고 있다는 것을. 가장 작은 물방울일지라도 우리를 도취시키기에 족하며, 우리에게 신의 전체와 총체를 계시하여준다는 것을. 그러나 그 당시 미칠 듯하던 내가 무엇인들 바라지 않았으랴! 나는 생의 모든 형태를 부러워하였다. 다른 사람이 하는 것을 보면 무엇이든 나는 그것이 '하고' 싶었다. 그것을 완성하고 싶었던 것이 아니라 그것을 해보고 싶었던 것이다 — 나의 말을 알아들어 다오 — 왜냐하면 나는 별로 피로나 고통을 두려워하는 일이 없었다. 오히려 그것을 생의 수행(修行)이라 믿었던 것이다. 나는 파르메니드가 터키 말을 배우고 있던 까닭에 그를 3주일 동안 질투했다. 그 뒤 두 달이 지나서는 천문학을 알게 되었던 테오도즈를 질투했다. 그리하여 나는 나의 모습을 제한하지 않으려던 나머지 나에 관하여 가장 막연하고 가장 모호한 모습밖에 그려볼 수 없게 되었던 것이다.

— 너의 생애를 이야기하라, 하고 알시드가 말했다 — 그러자 메날크는 대답하였다. 18세에 초등 학업을 마치자, 정신은 공부에 지치고, 마음은 텅 비어 맥이 풀리고, 육체는 구속에 불끈 분통이 터져서 나는 방랑열을 주체할 수 없어 정처없이 길을 떠났다. 너희들도 아는 모든 것을 나는 알았다 — 봄, 대지의 냄새, 들판에 피는 풀, 강위에 서리는 아침 안개, 그리고 목장 위에 번지는 저녁의 습기. 여러 도시를 지났으나 어디에도 발길을 멈추려 하지 않았다. 나는 생각하였다, 지상에서 아무것에도 집착하지 않고 부단히 변모하는 것들 사이로 영원한 열정을 몰아가는 자는 행복하다고. 나는 미워하였다, 가정을, 가족을, 사람들이 휴식을 얻을 수 있다고 생각하는 모든 장소를. 그리고 변함없는 애정이며, 사랑의 성실이며, 사상에 대한 집착이며 — 빗나가게 될 위험성이 있는 모든 것들을. 나는 말하였다, 무엇이든지 새로운 것은 언제든지 받아들일 수 있어야 할 것이라고.

책들은 나에게, 모든 자유란 일시적인 것이어서 자기 속박이나 자기 헌신을 선택하는 것은 마치 엉겅퀴 씨가 뿌리를 박을 기름진 땅을 찾아서 날며 헤매는 것과 같으며 — 자유는 한곳에 고정되어서야 비로소 꽃피는 것이라고 가르쳐주었다. 그러나 이론이 사람들을 인도할 수는 없는 것이며, 어느 이론에나 반대 이론이 성립할 수 있고 그것을 발견하기만 하면 된다는 사실을 또한 학교 교실에서 배워 알고 있었기에, 나는 먼길을 걸으며 그러한 반대 이론을 찾아보기도 하였다.

무엇이든 미래에 대하여 나는 흐뭇한, 끊임없는 기다림 속에서 살았다. 마치 기다리는 대답 앞에 제출되는 질문처럼, 쾌락 앞에 태어나는 누리고 싶은 갈증에는 곧 향락이 따른다는 것을 나는 알게 되었다. 나의 행복은, 모든 샘이 나에게 갈증을 일으키고, 또 갈증을 채울 수 없는 물 없는 사막에서는 직사하는 폭양 밑에서 나 자신의 끓는 듯한 열기를 더욱 흡족하게 여겼다는 사실로부터 오고 있었다. 저녁이면 하루 종일 고대하였던 만큼 한층 더 시원하고 황홀한 오아시스가 있었다. 태양 밑에 짓눌린 광막한 모래 위에서 마치 무한히 큰 졸음처럼 ─ 그렇게도 더위는 심하였다 ─ 대기의 진동 속에서 나는 또한 생의 약동을 느꼈다. 잠들지 못하고 지평선 위에서 쓰러질까 떨며 나의 발밑에서 사랑으로 부풀어오르고 있던 생명의 약동들.

날마다 언제나 내가 찾아 헤매던 것은 다만 갈수록 거침없는 자연의 침투였다. 나 자신에게 속박되지 않는다는 귀한 소질을 나는 갖고 있었다. 과거의 추억은 내 생에 단일성을 줄 정도의 힘밖에는 가지고 있지 않았다 ─ 테제를 과거의 사랑에 연결하고 있었지만, 가장 새로운 풍경을 바라보며 걷는 데는 아무 방해도 되지 않던 그 신비로운 끈같이. 그 끈도 급기야는 끊어지지 않을 수 없었지만…… 황홀한 재생(再生)! 나는 흔히 아침 길을 걸으며 새로운 생명감, 나의 유아 같은 감각을 맛보는 것이었다 ─ '시인의 천분, 너는 끊임없는 해후(邂逅)의 천분이어라' 하고 나는 외쳤다 ─

그리하여 나는 모든 방향으로부터 무엇이건 다 맞아들였다. 나의 넓은 네 갈래 길 위에 개방된 주막과도 같았다. 들어오고 싶어 하는 것은 무엇이나 들어올 수 있었다. 나는 유순하고 상냥하게 나의 모든 감각을 가지고 마음을 열어놓아, 개인적인 생각을 하나도 갖지 않기에 이르기까지 주의 깊은 청취자, 지나가는 모든 감동의 포착자가 되었으며, 무엇에든 저항하기보다는 차라리 아무것도 나쁘게 여기지 않는 근소한 반동만을 지녔다. 게다가 추(醜)라는 것에 대한 적은 혐오감이 미(美)에 대한 나의 사랑을 받들어주고 있는가를 나는 이윽고 깨닫게 되었던 것이다. 나는 피로감을 미워하였다. 피로는 권태로부터 생긴다는 것을 나는 알고 있었기 때문이다. 그러므로 나는 사물의 다양성에 의지해야 하리라 생각하고 있었다.

나는 아무데서나 쉬었다. 나는 밭에서 잤다. 벌판에서 자기도 했다. 커다란 밀 이삭들 사이에서 여명(黎明)의 전율을 나는 보았다. 그리고 밤나무 숲에서 까마귀들이 잠에서 깨는 것을 보았다. 아침이 되면 나는 풀로 세수하였으며 떠오르는 태양이 나의 젖은 옷을 말려주었다. 노랫소리와 더불어 소들이 끄는 짐수레에 무겁게 실려 집으로 돌아가는 수확물을 보았던 그날보다 전원이 더 아름다웠던 때가 언제 있었는지 누가 말할 수 있으랴? 나의 기쁨이 하도 커서 그것을 남에게 전달하고 싶고, 나의 마음속에 기쁨을 깃들이게 하는 것이 무엇인가를 누구에게든지 가르쳐주고 싶을 때가 있었다.

저녁때면 낯선 마을에서 낮에 흩어졌던 사람들이 가정으로 다시 모여드는 것을 보았다. 일하러 갔던 아버지는 피로하여 돌아오고, 어린아이들은 학교에서 돌아오고 있었다. 집의 출입문이 잠시 빛과

온기와 웃음으로 맞아들이기 위하여 방긋이 열렸다가 다시 닫혀지면 밤은 깊어갔다. 방랑하는 것들은 무엇이든 일체 거기에는 들어갈 수 없다 — 가족, 나는 너를 미워한다! 밀봉된 가정, 굳게 닫힌 문, 행복의 인색한 점유(占有) — 어떤 때는 어둠에 묻혀 유리 창문에 몸을 기울이고 오랫동안 어느 집안의 가풍을 엿보기도 하였다. 아버지는 등잔 가까이 앉아 있고, 어머니는 바느질을 하고 있었다. 할아버지의 자리는 비었다. 어린아이 하나가 아버지 곁에서 공부를 하고 있었다 — 그리고 나의 마음은 어린아이를 나와 함께 길 위로 데려가고 싶은 욕망으로 부풀어올랐다.

이튿날 나는 그가 학교에서 돌아올 때 보았다. 그다음 날에는 그에게 말을 붙였다. 나흘 뒤에 그는 모든 것을 버리고 나를 따랐다. 나는 화려한 벌판 앞에 그의 눈을 열어주었다. 벌판이 그를 위해서 트여 있다는 것을 그는 깨달았다. 그리하여 나는 그의 넋이 더욱 방랑성을 띠어 급기야 즐겁게 되도록 가르쳐주었다 — 이어 내게서도 떠나서 자기 고독을 알도록.

홀로 나는 자부심의 벅찬 기쁨을 맛보았다. 새벽이 되기도 전에 일어나기를 나는 즐겼다. 밀밭 위로 태양을 부르는 종달새의 노래는 나의 환상곡이었으며 이슬은 새벽에 끼얹는 화장수였다. 즐겨 심한 조식(粗食)에 만족했고, 먹는 것이 매우 적었기 때문에 머리는 가벼워지고 모든 감각이 나에게는 일종의 도취였다.

그 뒤 나는 많은 포도주를 마셨건만 그 단식의 현기증, 태양이 떠오른 다음 낟가리 품에서 잠들기 전에 훤하게 밝은 아침 속에서 볼 수 있던 그 광야의 넘실거림을 느끼게 해주는 것은 하나도 없었다. 길을 떠나기 위해서 몸에 지닌 빵을 거의 실신 상태에 이르기까지 그대로 가지고 있는 일이 있었다. 그럴 때면 자연이 덜 낯설게 느껴지는 듯하며, 더욱더 자연은 나의 몸 속으로 스며드는 듯하였다. 그 것은 흘러드는 외계의 분류(奔流)였다. 개방된 나의 모든 감각을 통하여 나는 외계의 현존(現存)을 맞아들였다. 모든 것이 나의 내부로 받아들여지고 있었던 것이다. 나의 넋 속에는 마침내 시정(詩情)이 가득히 차는 것이었지만, 그것은 고독으로 인하여 날카로워지고 저녁녘이 되면 피로감을 느끼게 하였다. 자부심으로 나 자신을 부축하였지만, 그럴 때면 지난해 나의 너무나 야성적이던 기질을 부드럽게 만들어주던 힐레르가 그리워지는 것이었다.

그와 더불어 저녁 무렵에 나는 이야기를 하곤 하였다. 그도 또한 시인이었다. 모든 조화(調和)를 그는 이해할 수 있었다. 자연의 모든 결과는 그 속에서 원인을 읽을 수 있는 자명한 언어처럼 보이는 것이었다. 우리들은 날음을 보고 곤충을, 노래를 듣고 새를, 모래 위에 남겨진 발자취를 보고 여자의 아름다움을 분별할 수 있었다. 모험의 갈망이 또한 그의 마음을 파고들었다. 힘이 그를 대담하게 만들고 있었다. 어떠한 영광일지라도 너희들에 필적할 만한 것은 결코 없으리라, 우리들 마음의 젊음이여! 즐거이 모든 것을 갈망하던 우리들은 아무리 욕망을 지치게 하려고 해도 보람없는 일이었다. 우리들의 생각 하나하나가 모두 열정이었다. 감각은 우리들에게는 그지없이 격렬한 맛을 가진 것이었다. 우리들은 아름다운 미래를 기다리며 황홀한 청춘을 소모하였다. 그리고 미래로 가는 길은 끝없이 긴 것으로 보이지는 않았으며, 그 길 위를 우리들은 꿀맛과 감미롭고 쓸쓸한 맛을 입 속에 남겨주는 생나무 울타리의 꽃을 깨물면서 성큼성큼 걸어가는 셈이었다.

때로는 파리를 지나치는 길에 나는 며칠 또는 몇 시간 나의 근면한 소년 시절이 흘러간 아파트에 다시 들어가보기도 했다. 모든 것이 거기서는 고요하였다. 보이지 않는 여인의 손길이 가구들 위에 헝겊을 씌워놓았다. 손에 등잔을 들고, 몇 년 동안 닫혀 있는 덧문을 열지도 않고 또 춤프르 냄새가 풍기는 커튼을 걷어올리지도 않고 이 방 저 방을 돌아보는 것이었다. 집 안의 공기는 무겁고 냄새가 가득 배어 있었다. 나의 방만이 거처하던 대로 놓여 있었다. 가장 침침하고 가장 적적한 방인 서재 속에서는, 서가며 탁자 위의 책들이 내가 놓아두었던 질서를 그대로 지키고 있었다. 그중의 한 권을 펼쳐보는 일도 있었다. 그러고는 낮임에도 불구하고 켜놓은 등잔불 앞에서 나는 시간을 잊어버리고 행복감에 잠겼다. 또 때로는 큰 피아노를 열고 기억 속의 옛날 곡조의 선율을 더듬기도 하였다. 그러나 기억은 불완전하여 그것을 슬퍼하기보다는 차라리 치던 손을 멈춰버리곤 하였다. 이튿날 다시금 나는 파리를 멀리 떠나버리는 것이었다. 본시 사랑하는 감정을 타고난, 마치 유동체 같은 나의 마음은 모든 방향으로 퍼지고 있었다. 어떤 기쁨일지라도 나 자신만의 것으로는 생각되지 않았다. 나는 만나는 사람 모두를 기쁨으로 이끌었다. 그리고 혼자서 즐길 수밖에 없을 때는 굳게 자부심을 가다듬어야만 했다. 어떤 이들은 나의 에고이즘을 비난하였다. 나는 그들의 어리석음을 힐난하였다. 남자이건 여자이건 어느 한 사람을 사랑하는 것이 아니라, 나는 우정, 애정, 연정을 사랑하는 것이라고 생각하고 있었다. 한 사람에게 줌으로써 다른 사람으로부터 빼앗는 결과가 될까 봐 나는 나 자신을 빌려줄 뿐이었다. 어느 한 사람의 육체나 마음을 독점하고 싶지도 않았다. 자연에 대하여 그랬던 것처럼 여기서도 유랑을 계속하여 나는 아무 데도 멈추지 않았다. 모든 편애는 나에게 옳지 못한 것으로 보였다. 모든 사람에게 머물러 있고 싶어 하며 나는 아무에게도 나 자신을 주지 않았던 것이다.

모든 도시의 추억에는 방탕의 추억이 따르게 하였다. 베니스에서는 가장무도회에 섞였다. 비올라와 플루트가 반주를 하는 배 속에서 나는 사랑을 맛보았다. 다른 배들이 젊은 남녀를 가득히 싣고 뒤를 따르고 있었다. 우리들은 새벽을 기다리기 위하여 리도로 갔으나 태양이 떠올랐을 때는 피로하여 잠이 들어버렸다. 음악도 그치고 말았기 때문이다. 그러나 나는 덧없는 즐거움이 남겨주는 그 피로감까지 사랑하였으며, 즐거움이 말라버리고 말았다는 느낌을 일으켜주는, 깨어날 찰나의 그 현기증까지도 사랑하였다 ─ 다른 항구에서는 큰 기선의 선원들과 함께 나다니기도 하였다. 불빛 희미한 골목길에 내려가보기도 하였다. 그러나 나는 우리들의 한결같은 유혹, 경험의 욕망을 마음속으로 눌러버렸다. 그리하여 선원들을 허름한 집 근처에 남겨두고 고요한 항구로 돌아가는 것이었다. 그러나 거기서도 야릇하고 감상적인 소음을 황홀하게 흘려보내는 그

골목길의 추억으로써 밤의 말 없는 충고가 해석되는 것이었다. 그보다는 야외의 보물을 나는 더 좋아하였다.

그러나 25살 때, 여행에 지친 것은 아니었으나 그 유랑 생활이 길러준 크나큰 자부심에 못 이겨, 나는 마침내 새로운 모습을 가질 수 있을 만큼 충분히 성숙했다고 깨닫기에 이르렀다. 아니, 그렇다고 스스로 믿었던 것이다.

왜, 어째서? 하고 나는 그들에게 말했다. 왜 너희들은 나더러 또다시 길 위로 나서라는 것이냐? 모든 길가에 새로운 꽃들이 피어 있다는 것을 나는 안다. 그러나 이제 그것들은 너희들을 기다리고 있는 것이다. 꿀벌들이 꿀을 찾아다니는 것은 한철뿐이다. 그러고는 보물지기가 되는 것이다 ― 나는 버려두었던 아파트로 돌아왔다. 가구 위에 씌워져 있던 포장을 걷어치우고 창문들을 열었다. 그리고 방랑자이면서도 어쩔 수 없이 하지 않으면 아니 되었던 저금을 이용하여 사들일 수 있었던 모든 값진 물건들, 알뜰한 것들, 꽃병이며 진귀한 서적들, 특히 미술에 대한 나의 지식 덕분에 헐값으로 사들일 수 있었던 그림들로 신변을 장식하였다. 5년 동안 나는 수전노처럼 저축하였다. 있는 힘을 다하여 부유해졌다. 그리고 지식을 닦았다. 여러 가지 악기도 다룰 수 있게 되었다. 매일 매시간이 어떤 유익한 연구에 바쳐졌다. 특히 역사와 생물학에 몰두하였다. 여러 문학을 알 수 있게 되기도 하였다. 나의 너그러운 마음과 나의 어엿한 가문 덕택으로 정당하게 가질 수 있었던 우정을 쌓았다. 이 우정이야말로 다른 무엇보다도 귀중한 것이었건만 그러나 그것에도 나는 읽히지 않았다.

50살이 되어 때가 왔기에 나는 모든 것을 팔았다. 나의 안목과 나의 지식으로 말미암아 내가 가지고 있던 물건들은 값이 오르지 않은 것이 없었으므로, 나는 이틀 동안에 막대한 재산을 이룩하였다. 나는 이 재산을 영원히 누릴 수 있도록 고스란히 투자했다. 지상에서 '사사로운' 것이라곤 아무것도 간직하고 싶지 않아서 나는 모조리 팔아버렸다. 지난날의 추억은 조금도 남기지 않았다.

나는 벌판으로 나를 따라온 미르틸에게 말하였다. "이 아름다운 아침, 이 안개, 이 빛, 이 맑은 공기, 너의 생명의 맥박, 네가 이런 것에 송두리째 몸을 바칠 줄 안다면, 그 감동은 너에게 얼마나 더 클 것인가. 너는 그러려니 생각하지만 사실은 너의 가장 귀한 부분이 갇혀 있는 것이다. 네 아내, 네 서적들, 네 학문이 그 귀한 부분을 사로잡고 있어 신과의 접촉을 방해하고 있다."

"바로 이 순간에, 생의 벅차고 온전하고 직접적인 감동을, 그 밖의 것을 잊어버리지 않은 채 맛볼 수 있을 거라고 생각하는가? 너는 사고의 습관에 얽매여 있다. 너는 과거에 살고 미래에 살며, 아무것도 있는 그대로 보고 느끼지 못한다. 우리들은 순식간에 찍히는 사진과 같은 생을 타고날 뿐, 그 외에 아무것도 아니다. 모든 과거는 앞으로 올 것이 생겨나기도 전에 죽어버리는 것이다. 순간들! 미르틸, 너는 알게 될 것이다. 순간의 현존이 얼마나 중대한 것인가를. 왜냐하면 우리들 생의 각 순간은 본질적으로 다른 것과 바꿔질 수 없는 것이기 때문이다. 이따금 오직 그것에만 전심을 기울일 줄 알아야 한다. 미르틸, 네가 바라기만 한다면, 네가 만약에 안다면, 이 순간에 너는 아내도 자식도 잊어버리고 지상에서 홀로 신 앞에 있을 수 있을 것이다. 그러나 너는 그들을 생각하고, 너의 모든 과거, 사랑, 지상의 모든 일을 잃어버릴까 봐 겁이 난다는 듯이 짊어지고 다니는 것이다. 나로 말하면 나의 모든 사랑은 순간마다 새로운 경이를 준비하여 너를 기다린다. 나는 언제나 그 사랑을 알고 있지만 볼 때마다 새로운 사랑이다. 미르틸, 신이 갖추는 모든 형태를 너는 생각도 못 하고 있다. 그중의 한 형태만을 너무 바라보고 그것에 심취한 나머지 장님이 되어버리고 만다. 너의 숭배가 고정되어 있다는 사실이 나의 마음을 괴롭힌다. 너의 숭배가 좀 더 사방으로 퍼진 것이었으면 한다. 닫혀 있는 모든 문 뒤에 신은 있는 것이다. 신의 모든 형태는 사랑할 만한 것이며, 그리고 모든 것이 신의 형태인 것이다."

……내가 이룩한 재산으로 먼저 나는 배 한 척을 빌려 세 사람의 친구와 선원들과 소년 수부 네 명을 데리고 항해를 떠났다. 어린 수부들 중에 제일 못난 소년을 나는 사랑하였으나, 그의 정다운 애무보다도 나는 커다란 파도를 바라보는 것을 더욱 즐겨 했다. 저녁에 꿈나라 같은 항구로 들어가 때로는 밤새도록 사랑을 찾아 헤매고 나서 동이 트기 전에 그곳을 떠나곤 하였다. 베니스에서 나는 지극히 아름다운 창녀를 만났다. 사흘 밤 나는 그녀를 사랑하였다. 그녀 곁에서는 나의 다른 사랑의 즐거움을 잊어버릴 지경이었기 때문이

다. 그토록 그녀는 아름다웠던 것이다. 내가 배를 팔아버린 것은 그 창녀에게였다. 아니 그녀에게 주어버렸는지도 모르겠다.

여러 달 동안 나는 코모 호숫가의 어느 궁에서 살았다. 비길 데 없이 온화한 악사(樂士)들이 그곳에 모였다. 거기에 나는 또한 얌전하고 화술이 능란한 아름다운 여자들을 모아놓았다. 저녁이면 악사들이 황홀감을 자아내는 가운데 우리들은 이야기를 주고받았다. 그러고는 밑의 계단이 물속에 잠겨 있는 대리석 층계를 내려가서 떠돌아다니는 배에 몸을 싣고 노 젓는 소리에 맞추어 우리들의 사랑을 잠들이곤 하였다. 잠이 깨지 않은 채 돌아오는 일도 있었다. 배가 호숫가에 닿으면 놀라 눈을 뜨곤 하였다. 그리고 이두안은 내 팔에 매달려 말없이 층계를 올라가는 것이었다.

그 이듬해에 나는 바닷가에서 멀지 않은 방데의 광대한 동산에 있었다. 세 사람의 시인이 내가 그들을 나의 거처로 맞아들여 환대한 것을 노래하였다. 그들은 또한 물고기와 초목이 있는 못이며 포플러나무가 늘어선 길, 동떨어져 솟은 떡갈나무며 물푸레나무의 총림이며 동산의 아름답게 꾸며진 정연한 모습을 이야기하였다. 가을이 되었을 때 나는 큰 나무들을 베어내게 하여 즐겨 내 거처에 황폐한 풍치를 주곤 했다. 풀이 자라는 대로 버려두었던 길을 거닐며 많은 사람들이 떼를 지어 산책하던 그 동산의 모습을 무엇이 말해줄 수 있으랴. 줄나무 길에서는 어디서나 나무꾼들의 도끼 소리가 울리고 있었다. 길가의 어수선한 나뭇가지에 옷깃이 걸렸다. 쓰러진 나무들 위에 전개되고 있는 가을빛은 황홀하였다. 그 광경이야말로 말할 수 없이 아름다워 때가 훨씬 지나서도 나는 다른 것은 생각할 수 없었다. 그리하여 나는 나의 늙음을 거기에서 보았던 것이다.

그 뒤에는 알프스 산 속의 어느 별장에 살았다. 오렌지처럼 새콤달콤한 맛의 시트론을 볼 수 있는 치타 베키아의 향기로운 숲 가까이, 말타의 어느 흰 궁에서도 살았다. 달마티아에서는 사륜마차로 방랑하였다. 그리고 지금은 여기 플로렌스 언덕의 이 동산, 피에졸 언덕을 마주 바라보는 이곳에 살고 있으면서 오늘 저녁 그대들을 모아놓은 것이다.

내가 행복을 얻을 수 있었던 것은 나의 신변에 일어난 사건들의 덕택이라고 말하지 말라. 사건들이 나에게 유리하긴 했지만, 나는 그것들을 이용하지는 않았다. 나의 행복이 무력으로 이루어진 것이라고 믿지도 말라. 지상에 아무런 집착도 갖지 않는 나의 마음은 항상 가난하였다. 그러므로 죽기도 수월할 것이다. 나의 행복은 열정으로 이룩된 것이다. 차별 없이 모든 것을 통하여 나는 열렬하게 사랑하였다.

2

우리들이 모여 있던 테라스는 (나선 계단을 따라 올라오게 된 곳인데) 전 시가를 굽어보았으며, 우거진 녹음 위에서 마치 닻을 내린 거대한 배와 같았다. 때로는 시가를 향하여 달리는 듯했다. 올해 여름에, 거리의 소음을 떠나서 나는 이따금 이 가공의 배 위 갑판에 올라가 저녁의 흐뭇한 명상을 맛보곤 하였다. 모든 소음은 떠오르면서 사라지는 것이었다. 마치 물결처럼 이곳으로 밀려오다 마는 듯하였다. 이따금 물결들은 그래도 휩쓸려와 도도한 파도를 이루어 올라와서는 담벼락에 부딪쳐 부서지곤 하였다. 나는 더욱 높이 파도가 미치지 못하는 데로 올라갔다. 맨 끝 테라스 위에서는 나뭇잎들의 살랑거리는 소리와 밤의 애끓는 부름 소리밖에는 아무것도 들리지 않았다.

규모 있게 줄나무 길을 이루며 심어진 푸른 떡갈나무, 월계수들이 하늘가에 이르러 그치고 있었으며 테라스도 거기서 끝나고 있었다. 그러나 거기서 이따금 둥그런 난간들이 앞으로 뻗어 나와서 창공에 걸린 발코니 모양을 이루고 있었다. 그곳에 앉아 나는 나의 상념에 도취하는 것이었다. 시가 저편에 솟은 어스름한 언덕 위에 하늘은 황금빛을 띠고 있었다. 날씬한 나뭇가지들이 나의 테라스로부터 휘황한 석양을 향하여 휘어지기도 하고, 어둠 속으로 거의 잎도 없이 솟구쳐 뻗어 오르고 있었다. 시가지로부터는 연기 같은 것이 피어오르고 있었다. 그것은 빛을 받은 먼지가 돌며, 더 많은 불빛으로 밝혀진 광장 위로 살그머니 떠오르는 것이었다. 그리고 이따금 그 무더운 밤의 황홀 속에서 저절로 튀어나오듯, 어디서 쏟아지는 것인지 불꽃이 솟아올라 날며, 마치 부르짖는 소리처럼 허공을 건너고, 떨고, 회전하다가 마침내는 신비로운 개화(開化)의 음향과 더불어 스러져내리는 것이었다. 나는 특히 천천히 떨어지며 슬며시 흩어지는 연한 황금빛 불꽃을 던지는 것을 사랑하였다. 불꽃들이 사라지면 별들 — 그렇게도 별들은 황홀하다 — 은 이 뜻하지 않은 환상극에서 튀어나온 듯, 불꽃들이 사라진 다음에도 여전히 반짝이는데 이 별들을 볼 때면 놀라움을 금할 수 없다…… 그리고는 서서히 하나씩 별들의 이름을 그 고정된 성좌로 알아보게 되는 것이다 — 그리하여 황홀감은 계속되었다.

"나를 좌우하게 된 사건들은 나로선 찬성할 수 없는 것들이었네" 하고 조제프가 말했다.
"할 수 없지! 일어나지 않은 일은 일어날 수 없었던 일이라고 나는 생각하고 싶네" 하고 메날크가 대답했다.

3

그날 밤 그들이 노래한 것은 나무 열매들이었다. 메날크 앞에 알시드와 그 밖의 몇몇이 모인 자리에서 힐라스가 부른 노래 —

롱드

석류의

석류 열매 세 알은 프로제르핀에게 그것을 회상시켰다.

너희들은 앞으로도 오랫동안 찾을 것이다,

불가능한 넋의 행복을.

육체의 즐거움, 감각의 즐거움이여

누가 너희들을 비난하고 싶어 하면

육체와 감각의 짜릿한 즐거움이여

너희를 비난토록 하라 — 나는 그럴 수 없지만.

　— 물론, 디디에여, 열렬한 철학자여

만약에 사상에 대한 그대의 신념이 그대로 하여금 정신의 즐거움보다 나은 것은 아무것도 없다고 믿게 한다면 나도 그대를 숭배하지.

그러나 어느 누구의 정신 속에나 그러한 사랑이 깃들 수는 없는 것이다.

그리고 물론 나도 역시 너희들을 사랑하지,

사멸해야만 하는 넋의 전율 —

마음의 즐거움, 정신들의 즐거움들이여 —

그러나 내가 노래하는 것은 쾌락이여, 너희들이다.

육체의 즐거움, 풀처럼 연하고

생나무 울타리의 꽃들처럼 귀여워라.

목장의 개자리보다도, 건드리면 보슬보슬 잎을 떨구는 서글픈 스프레보다도

더 빨리 시들어 낫에 베임을 당하는 너희들.

시각(視覺) — 감각 중에서 가장 애달픈 것……

우리가 만질 수 없는 모든 것은 우리를 슬프게 한다.

우리의 눈이 탐내는 것을 손이 붙들기보다

정신은 더 쉽게 생각을 붙든다.

오! 그대가 바라는 것은 그대가 만질 수 있는 것이기를.

나타나엘이여, 보다 더 완전한 소유를 찾지 말라.

나의 감각의 가장 감미로운 환희는

목마를 때 물을 마시는 것이었다.

진실로, 광야에 떠오르는 태양을 받은 아침 안개야말로 상쾌한
것이다.

태양 또한 상쾌하며

젖은 땅을 맨발로 걷는 것과

바닷물이 적신 모래 위를 걷는 것도 상쾌하다.

샘물은 목욕하기에 상쾌하였으며

나의 입술이 어둠 속에서 만난 알지 못하는 입술도 상쾌하
였다……

그러나 과일들 — 과일들에 관해서는 — 나타나엘이여, 뭐라고
말하면 좋을까?

오! 그대가 그것들을 알지 못하였다는 것.

나타나엘이여, 그것이야말로 내가 안타깝게 여기는 것이다.

보드라운 과육(果肉)에서 뚝뚝 즙(汁)이 흘러

피 어리는 살처럼 감미롭고

상처에서 솟는 피처럼 붉었다.

그 과일들은, 나타나엘이여 아무런 특별한 갈증도 요구하지 않았다.

그것들은 황금 바구니에 담겨져 있었다.

그 맛은 처음에는 비길 데 없이 시큼하여 구역질이 날 지경이었다.

그것은 우리네 고장에서 볼 수 있는 어떠한 과일의 열매와도 같지 않았다.

지나치게 익은 번석류(蕃石榴)의 맛을 연상케 하고

살에서는 맛이 빠져버린 것 같았다.

먹고 나면 입 속에 짜릿한 맛이 남았다.

다시 새로운 과일을 먹지 않고서는 그 맛을 잊을 수 없었다.

이윽고 과즙을 맛보는 순간

그 쾌락의 순간은 너무나도 짧았다.

그리고 그 순간은 먹고 난 다음의 쓸쓸한 뒷맛이 메스꺼우면 메스꺼울수록 더욱더 즐겁게 여겨졌다.

바구니는 순식간에 비고

마지막 한 알은 나눠 먹기보다 차라리

그것을 우리는 그대로 남겼다.

아아, 나타나엘이여, 그다음 우리들 입술에 남은 얼얼한 맛이 어떤 것이었는지 누가 말할 수 있을까?

어떠한 물도 그것을 씻어주지 못하였다.

그 열매를 바라는 욕망은 우리들의 넋 속까지 괴롭혔다.

사흘 동안을 장터들을 헤매며 우리는 그것을 찾아다녔다.

계절은 이미 지났다.

나타나엘이여, 우리들 여로(旅路) 그 어디쯤에

다른 욕망들을 우리에게 불러일으켜줄 수 있는 새로운 열매들이 있을 것인가?

*

바다를 바라보고 석양을 바라보며

발코니에서

먹는 열매들이 있다.

리큐어를 조금 섞고 설탕을 타서

얼음 속에 담근 것들도 있다.

각별하게 마련되어 울타리를 둘러친 정원의 나무 위에서 따다가

여름철 응달에서 먹는 것들도 있다.

조그만 식탁을 마련하리라.

가지를 흔들면

열매는 우리들 둘레에 수북이 떨어지고
가지 위에서는 어리둥절한
파리들이 잠을 깰 것이다.
떨어진 열매들은 쟁반에 담겨지고
그러면 그 향기만으로도 우리는 도취하리라.

껍질이 입술에 자국을 남기므로, 목이 몹시 마를 때가 아니면 먹
지 않는 것들도 있다.
그런 것을 우리는 모래길 위에서 발견하였다.
가시 돋은 잎들 속에 반짝이고 있어
잡으려던 손에 가시가 박혔다.
먹어도 갈증은 그다지 사라지지 않았다.

햇볕에 태워두기만 해도
잼으로 만들어지는 것들이 있는가 하면
겨울이 될 때까지 선 채로 있는 것들도 있다.
그것을 깨물면 이가 시리다.

여름일지라도 살이 언제나 차가운 듯한 것도 있다.
조그만 선술집 안에서
돗자리 위에 웅크리고 먹는 것이다.
다시 찾을 수 없게 되면

생각만 해도 목마름을 느끼게 되는 것도 있다.

*

나타나엘이여, 그대에게 석류 이야기를 해줄까?
동양의 장터에서 몇몇 푼석에 파는 것이었는데
갈대로 만든 발 위에 놓여 무르녹고 있었다.
먼지 속을 구르고 있는 것들도 있어
어린아이들이 줍고 있었다.
그 즙(汁)은 설익은 나무딸기처럼 새콤하다.
꽃은 밀랍으로 만들어진 것 같은데
빛깔이 열매와 같다.
고이고이 간직된 보물, 벌집 같은 칸막이
풍성한 풍미
오각형의 건축.
껍질이 터지고 알이 쏟아진다.
쪽빛 잔 속에 담기는 피처럼 붉은 알들.
또는 유약을 바른 구리 접시 속에 담겨지는 황금빛 방울들.

시미안이여, 이제 무화과를 노래하라,
그 사랑은 은밀한 것이니.

나는 무화과를 노래하리라 하고 그녀는 말했다.

그 아름다운 사랑 은밀하여 꽃은 덮인 채 피더라.

혼인이 거행되는 밀봉된 방.

아무런 향기도 밖으로는 날리지 않더라.

아무것도 발산되지 않으니

향기는 모두 즙과 맛을 꾸미더라.

아름다움을 안 가진 꽃, 환락의 열매.

꽃이 익어 맺혔을 따름인 열매.

나는 무화과를 노래하였다 하고 그녀는 말했다.

이제는 모든 꽃을 노래하라고.

— 그러나 우리는 모든 열매를 노래하지 않았다

하고 힐라스가 말을 이었다.

시인의 재능이란, 자두처럼 하찮은 것에라도 감동할 줄 아는 것
이다.

(나에게 꽃은 열매의 약속이라는 가치뿐이다.)

너는 살구 이야기를 하지 않았다.

찬 눈이 달콤하게 만드는

생울타리의 새콤한 매자 열매.

물크러져야만 먹을 수 있는 아가위 열매.

불 곁에서 튀기는 가랑잎 같은 빛깔의 밤나무 열매.

— 어느 몹시 춥던 날 눈 속에서 주웠던 산월귤들을 나는 기억하고 있다.

— 나는 눈을 좋아하지 않는다, 하고 로테르가 말했다. 그것은 무척 신비로우며 땅 위에 내려서도 단념하고 땅에 어울리지 못하는 물질이다.

풍경을 덮어버리는 그 유달리 흰빛이 밉살스럽다. 게다가 차가워 생명을 거부한다. 눈이 생명을 품어 보호해준다는 것은 나도 알지만, 그러나 생명은 눈을 녹이고서야만 살아날 수 있는 것이다.

그래서 나는 눈이 잿빛으로 더럽게 한 초목에게 절반쯤 녹아서 거의 물과 다름없게 되었으면 한다.

— 눈을 그렇게 평하지 말라. 눈도 아름다울 수 있는 것이니까, 하고 율리크는 말했다. 지나친 사랑 때문에 녹아버리는 데서만 눈은 슬프고 괴로운 것이다. 사랑을 좋아하는 자네는 절반쯤 녹은 눈을 좋아하지만, 눈이 승리할 수 있는 데서는 그것도 아름답지.

— 그런 데라면 우리는 가지 않을 것이다, 하고 힐라스가 말했다. 그리고 내가 "다행이로군" 하고 말하는 데서 자네는 "유감이로군" 하고 말할 필요는 없어.

*

그리하여 그날 밤 우리들은 모두 한 사람씩 발라드 형식으로 노래를 하였다. 다음은 멜리부스가 부른 노래이다.

발라드(BALLADE)
지극히 이름 높은 애인들을 노래하는

슐레이카여! 나는 그대를 위하여, 작부가 부어주던 술을 마시는 것을 그쳤다.

보아브딜이여, 그라나다에서 그대를 위하여 나는 제네랄리프 궁(宮)의 협죽도(夾竹桃)에 물을 주었다.

발키스여, 그대가 남쪽 나라로부터 수수께끼를 내놓으러 왔을 때, 나는 슐레이망이었다.

타마르여, 나는 그대를 차지하지 못하여 죽어가던 그대의 형 암농이었다.

벳사베여, 나의 궁전의 가장 높은 테라스까지 황금 비둘기를 쫓아가서, 그대가 목욕하려고 벌거벗은 몸으로 내려오는 것을 보았을 때, 나는 나를 위하여 그대의 남편을 자살하게 한 다빗이었다.

슐라미트여, 그대를 위하여 나는 거의 종교적이라고까지 믿어질 만한 노래를 불렀다.

포르나린이여, 나는 그대의 품에 안겨 애욕에 못 이겨 부르짖던 사나이다.

조베이드여, 나는 아침에 광장으로 가는 길에서 그대가 만난 노예이다. 빈 바구니를 머리 위에 이고 내가 그대의 뒤를 따르는 동안, 그대는 시트론이며 레몬이며 오이로 바구니를 채우게 하였다. 나는 그대의 마음에 들었고 또 피곤함을 하소연하자 그대는 나를, 그대의 두 자매와 칼랑다르의 세 왕자들 곁에서 하룻밤을 재워주려 하였다. 그리하여 우리들은 제각기 자기의 내력을 말하고 번갈아 다른 사람들의 이야기를 듣기로 하였던 것이다. 나의 차례가 되었을 때, 나는 말하였다 — 조베이드, 당신을 만나기 전 나의 생애에는 이렇다 할 이야기가 없었습니다. 그러니 지금 무슨 이야기가 있을 수 있겠습니까? 당신은 나의 생의 전부가 아닙니까? — 그렇게 말하면서 짐을 날라준 노예는 과일을 탐스럽게 먹는 것이었다(아주 어렸을 적에《천일야화》에 자주 나오는 과일 당과(糖果)를 꿈에 보았던 일이 생각난다. 그 뒤 나는 장미 향료를 넣은 것을 먹어본 적이 있는데, 어느 친구의 이야기에 의하면 렌치스로 만든 것도 있다고 한다).

아리안이여, 나는 편력을 계속하려고 그대를 바커스에게 버리고 떠나버린 테세우스이다.

나의 아리따운 에우리디케여, 그대에게 나는 귀찮게 따라오는 그대를 한 눈길로 지옥에 떨어뜨린 오르페우스이다.

그다음에는 몹슈스가 노래하였다.

발라드
부동산의

강물이 높아지기 시작하자
산 위로 피난한 사람들이 있었다.
또 어떤 사람들은 생각하였다, 진흙은 우리 밭의 거름 구실을 해
줄 것이라고.
또 어떤 사람들은 생각하였다, 이제는 파멸이라고.
또 아무 생각도 하지 않은 사람들도 있었다.

강물이 범람하여 수위가 불었을 때도
아직 나무들이 보이는 곳이 있었다.
다른 곳에는 집 지붕들이, 종각들이, 담벼락들이, 그리고
더 먼 곳에는 언덕들이 보였다.
또 아무것도 보이지 않는 곳도 있었다.

언덕 위로 가축들을 몰아 올린 농부도 있었다.
어린아이들을 배로 실어간 사람들도 있었다.
패물, 식량, 서류 등속이며

물 위에 뜰 수 있는 것 중에 돈이 될 만한 것을 모두 실어간 사람들도 있었다.

아무것도 가지고 가지 않은 사람들도 있었다.

물결에 휩쓸린 배를 타고 달아난 사람들은
한 번도 본 적이 없는 낯선 고장에서 눈을 떴다.
아메리카에서 눈을 뜬 사람들도 있었다.
어떤 사람들은 중국에서 또 어떤 사람들은 페루 기슭에서 잠을 깼다.
잠에서 깨지 않은 사람들도 있었다.

그다음에 구스망이 노래하였다.

롱드
질병의

여기에는 그 끝 대목만을 소개하련다.

······다미에트에서 나는 열이 났다.
싱가포르에서는 온몸에 흰빛, 보랏빛의 발진이 생기는 것을 보았다.

마젤란 군도에서는 이가 전부 빠져버렸다.

콩고에서는 악어에게 한쪽 발을 뜯어 먹혔다.

인도에서는 전신 쇠약병에 걸려

나의 피부는 무척 파랗게 되어 마치 투명한 것 같았다.

나의 눈은 감상적인 양 커다랗게 되었다.

나는 휘황찬란한 도시에 살고 있었다. 밤마다 거기에서는 모든 범죄가 감행되었지만 항구에서 멀지 않은 곳에는 여전히 유형선이 떠 있는데 인원을 채울 수 없었다. 어느 날 아침 시장(市長)이 노 젓는 사람 50명을 붙여주어서, 그중의 한 척에 올라타고 길을 떠났다. 나흘 동안 사흘 밤을 새워가며 우리는 바닷길을 갔다. 선원들은 나를 위해서 그들의 놀라운 힘을 소모하였다. 그 단조로운 피로가 그들의 왕성한 정력을 잠재워버리고 말았다. 끝없는 물결 속에 노를 젓자니 지칠 수밖에 없었다.

그들의 표정은 아름답게 몽상하는 빛을 띠게 되고 그들의 과거의 추억이 광막한 바다 위로 퍼져가는 것이었다.

그리하여 우리는 해질 무렵 줄기줄기 흐르는 어느 도시로 들어 갔다. 황금빛의, 또는 잿빛의 도시. 갈색이냐 또는 금색이냐에 따라서 암스테르담이라고도 베니스라고도 하던 도시였다.

4

저녁 무렵 플로렌스와 피에졸 중간인 피에졸 언덕 기슭에 자리잡은 동산에 복카치오가 살아 있던 옛날, 팡필과 피아메타가 노래하던 그 동산에 — 너무 눈부시게 밝던 날이 저물어 — 어둡지 않은 밤에 시미안, 티티르, 메날크, 나타나엘, 엘렌, 알시드, 그 밖의 몇몇이 모여 있었다.

날씨가 몹시 더웠기 때문에 테라스에서 다과로 간단한 식사를 마치고 우리들은 길로 내려갔다. 음악도 그친 뒤, 이제 우리들은 푸른 떡갈나무 숲 기슭 샘가에서 풀밭 위에 누워 낮의 피로를 푸근히 풀며 쉴 수 있을 때를 기다리면서, 월계수며 떡갈나무 밑을 거닐고 있었다.

나는 이쪽 패에서 저쪽 패로 왔다갔다했는데, 모두들 사랑 이야기를 하고 있었으나 두서없는 말밖에 내 귀엔 들려오지 않았다.

— 모든 쾌락은 좋은 것이며, 그리고 맛볼 필요가 있는 것이지, 하고 엘리파스가 말하였다.

— 그렇지만 모든 쾌락을 모든 사람이 맛봐야 하진 않겠지, 선택이 필요할 걸세, 하고 티불이 말했다.

거기서 좀 떨어진 곳에서는 페드르와 바쉬르에게 테랑스가 이야기를 하고 있었다.

— 나는 피부가 검고 체격이 좋은 데다가 갓 성숙한 카벨 부족의 계집아이를 사랑했지. 그 아이는 몹시 애티가 나면서도 벌써 아주

늘씬하게 잦아드는 쾌락 속에 엄청난 무게를 간직하고 있었지. 그
아이는 나에게 낮의 권태이자 밤의 환락이었어.

그리고 시미안은 힐라스에게 말했다.

― 그것은 자주 먹어야만 하는 조그만 열매지.

힐라스는 노래를 불렀다.

― 우리들에게는 길가의 밭에서 훔쳐 먹는 실과처럼 새콤하여,
좀더 단맛이 있었으면 싶었던 조그만 쾌락들도 있었다.

우리는 이윽고 샘물가 풀밭 위에 앉았다.

……내 옆에서 우는 밤새의 노랫소리가 잠시 동안 그들의 말보다
도 더 나의 마음을 차지했다. 다시 귀를 기울이기 시작하였을 때는
힐라스가 이야기를 하고 있었다.

……나의 감각은 제각기 욕망들을 가졌다. 내가 나 자신 속으로
다시 되돌아가려 했을 때, 나는 하인들과 하녀들이 나의 식탁에 앉
아 있는 것을 보았다. 내가 앉을 자리는 남아 있지 않았다. 주석(主
席)은 '갈증'이 차지하고 있었다. 다른 갈증들이 상석(上席)을 다투
고 있었다. 식탁 전체가 싸움으로 소란하였다. 그러나 그들은 모두
한패가 되어 나에게 대항하였다. 내가 식탁 가까이 가려 하자, 벌써
만취해버린 그들은 모두 나를 향해 일어섰다. 그리하여 나를 쫓아

냈다. 나는 밖으로 끌려나와 다시 포도송이를 따러 가야만 했다.

욕망! 아름다운 욕망들이여! 나는 너희들에게 짓눌려 터진 포도송이를 갖다주리라. 너희들의 잔을 다시금 가득히 채워주리라. 그러니 나를 내 집에 들어가게 해 다오 — 너희들이 취하여 잠들게 될 때, 금란(金襴)과 담쟁이덩굴로 머리를 두르게 해 다오 — 담쟁이덩굴 관(冠)으로 이마에 어리는 수심을 덮어 가리고 싶구나.

취기가 나를 사로잡아 나는 이야기를 분명히 들을 수가 없었다. 이따금 새의 울음소리가 그칠 때면, 밤이 고요해지며 마치 나 홀로 밤을 관조하고 있는 듯하였다. 또 어떤 때는 사방에서 목소리들이 솟아나와 그 자리에 모인 많은 사람들의 목소리에 섞이는 것 같기도 하였다.

우리들도, 우리들 또한, 하고 그 목소리들은 말하고 있었다.
우리들의 넋의 그 처량한 권태를 느꼈다.
욕망들은 우리들이 조용하게 일하도록 버려두지 않는다.

……올해 여름 나의 모든 욕망이 갈증을 느꼈다. 마치 사막을 건너기나 한 것 같았다.
그러나 나는 그들에게 마실 것을 주려 하지 않았다.
마셨기 때문에 그들이 병들었다는 것을 나는 알고 있었기 때문이다.

(망각이 그 위에서 잠자고 있는 포도송이들이 있었다.

꿀벌들이 먹고 있는 것들도 있었고, 태양이 거기에 머뭇거리고

있는 듯한 것들도 있었다.)

욕망 하나가 밤마다 나의 머리맡에 앉았다.

새벽마다 그것이 거기에 있는 것을 나는 본다.

밤새도록 그것은 나를 지켜본 것이다.

나는 걸었다, 나는 나의 욕망을 지치게 하려 하였다.

지친 것은 나의 육체뿐이었다.

이제는, 클레오달리즈여, 그대가 노래하라.

롱드

나의 모든 욕망의

간밤에 무슨 꿈을 꾸었는지 모르겠다.

잠이 깨자 나의 모든 욕망은 갈증을 느끼고 있었다.

자면서 사막을 건너기라도 한 것 같았다.

욕망과 권태 사이에서

우리들의 불안은 망설인다.

욕망이여! 너희들은 지칠 줄 모르는가?

오오! 오오! 오오! 지나가버리는 이 조그만 쾌락! ― 이윽고 지나가버린 것이 되고 말 이 쾌락!

오호라! 오호라! 어떻게 하면 괴로움을 길게 할 수 있을지 나는 알건만, 즐거움을 어떻게 길들여야 할지 나는 모른다.

욕망과 권태 사이에서 우리들의 불안은 망설인다.

그리고 인류 전체가 나에게는 잠을 이루려고 뒤치락거리는 병자처럼 보였다 ― 안식을 찾건만 잠도 들지 못하는 병자의 신세.

우리들의 욕망은 이미 수많은 세계를 편력하였다.
그러나 채워질 수 없는 욕망이었다.
그리고 자연 전체가
휴식의 갈망과 쾌락의 갈망 사이에서 고민하고 있다.
우리들은 쓸쓸한 아파트에서 서러움에 못 이겨 부르짖었다.

우리들은 탑 위에 올라갔건만
보이는 것은 어둠뿐이었다.

암캐들처럼, 메마른 강 언덕에서
괴로움에 못 이겨 울부짖었다.

암사자들처럼, 우리들은 오레스 산중에서 으르렁거렸다.

함호(鹹湖)의 해초를, 암낙타들처럼 씹어 먹었으며 속 없는 줄기의 진을 빨았다. 사막에는 물이 흔하지 않기 때문이다.

우리들은 제비들처럼 식량도 없이 넓은 바다를 건넜다.

메뚜기처럼 먹기 위하여 우리들은 모조리 휩쓸었다.

해초처럼 소나기가 우리들을 뒤흔들었고

눈송이처럼 바람이 우리들을 휘몰아쳤다.

오! 광막한 휴식으로서 나는 흐뭇한 죽음을 바란다. 그리고 마침내 쇠진한 나의 욕망이 새로운 전생(轉生)을 위하여 아무것도 줄 것이 없어지기를. 욕망이여, 너를 나는 길 위로 이끌고 다녔다. 나는 너를 벌판에서 애타게 했으며, 대도시에서는 너를 취하게 했다. 취하게 하였을 뿐, 너의 갈증을 꺼버리진 못했다 — 달빛 어리는 밤 속에 너를 잠그기도 하였고 어디에나 너를 이끌고 다녔다. 물결 위에 너를 잠재워보려고도 하였다…… 욕망이여! 욕망이여! 어떻게 해 달라는 것인가? 너는 무엇을 바라는가? 너는 지쳐버릴 줄 모른단 말인가?

달이 떡갈나무들 사이에 나타났다. 단조롭지만 여느 때와 다름없이 아름다운 달. 그들은 지금 떼를 지어 이야기를 하고 있었으나 나에게는 두서없는 말들이 어렴풋이 들려올 뿐이었다. 모두가 제각기 사랑을 이야기하고 있었지만 들어주는 사람이 있는지 어떤지 생각도 아니하는 모양이었다. 이윽고 주고받던 이야기는 그쳤다.

때마침 달이 떡갈나무의 울창하게 우거진 가지 뒤로 사라졌으므로, 그들은 늘어진 잎사귀들 속으로 서로 몸을 붙이고 누워서, 그래도 이야기를 계속하는 남녀들의 말을 이제는 무슨 소린지 알아들을 수도 없어 귓등으로만 흘려보내는 것이었다. 그러나 그 목소리마저 이윽고 이끼 위에 흐르는 시냇물의 속삭임에 섞이어 아리송하게 사라져버리는 듯하였다.

그러자 시미안이 일어서서 담쟁이덩굴로 관을 만들었다. 구겨진 나뭇잎 냄새가 풍겼다. 엘렌은 머리칼을 풀어 옷 위로 늘어뜨리고 라셀은 축축한 이끼를 뜯어 왔다. 그것으로 눈을 적시어 잠들게 하려는 것이었다.

달빛도 이제는 사라졌다. 나는 매혹에 눌리고 슬프도록 도취하여 누워 있었다. 나는 사랑을 이야기하지 않았다. 다시 여행을 떠나 닥치는 대로 길을 헤매고 싶어 아침이 되기를 나는 기다리고 있었다. 벌써 오래 전부터 지친 나의 머리는 졸고 있었다. 몇 시간 동안 잠을 잤다 — 새벽이 되자 나는 그곳을 떠났다.

5장

1

비 많이 내리는 노르망디의 길들은 정원……

너는 말하였다, 봄이 되면 사랑을 속삭이자고. 내가 잘 아는 그 나
뭇가지 밑, 아늑하게 이끼로 덮인 그곳에서, 바로 그 시각에, 공기도
그렇게 달콤할 것이며, 작년에 울던 새도 노래를 할 것이라고 — 그
러나 금년에는 봄이 늦게야 찾아왔다. 너무 선선한 대기는 그와는
다른 즐거움을 마련하게 하였다.

여름은 노곤하고 훈훈하였다 — 그러나 너는 오지 않는 여인을
기다렸다. 그리고 너는 말했다. 그래도 가을이 되면 이 실망을 갚아

주고 나의 서글픔을 씻어주겠지, 하고. 여인은 아마도 오지 않으리라. 그래도 커다란 나무숲들은 붉어질 것이다. 화창한 어떤 날에는 지난해에 그렇게도 많이 나뭇잎이 떨어지던 그 연못에 가서 나는 앉을 것이다. 거기서 저녁이 가까워지기를 기다릴 것이다…… 또 어떤 날 저녁에는 저물어가는 햇빛 드리운 숲 기슭으로 내려갈 것이다. 그러나 금년 가을에는 줄곧 비가 내렸다. 축축한 숲들은 별로 물들지도 않았고 너는 넘치는 못가에 가서 앉지도 못하였다.

*

금년에 나는 줄곧 땅에 얽매여 있었다. 곡식 거두기와 밭갈이를 돌보기도 하였다. 가을이 짙어가는 것을 볼 수 있었다. 계절은 비길 데 없이 훈훈하였지만 비가 내리기 일쑤였다. 9월 말경 12시간이나 불기를 그치지 아니한 무시무시한 돌풍이 나무의 한쪽만을 말렸다. 바람을 맞지 않고 남아 있던 잎들이 얼마 뒤에 누렇게 단풍 들었다. 나는 사람들과는 멀리 떨어져 살고 있었으므로, 그것도 다른 어느 사건이나 마찬가지로 중요한 이야깃거리가 될 수 있을 듯이 보였다.

*

나날이 있고 또 다른 날들이 있다. 수많은 아침과 저녁이 있다.

혼수상태를 벗어나지 못한 채, 새벽이 되기도 전에 일어나는 아침이 있다. 오! 가을의 회색 아침! 넋은 쉬지도 못하고 지칠 대로 지쳐 잠이 깨면 불타듯 몸이 달아 더 잠자고 싶어 하며 죽음의 맛을 헤아려본다 — 내일 나는 추위에 떠는 이 전원을 떠나리라. 풀에는 서리가 그득하다. 굶주림에 대비하여 땅 속에 빵이며 뼈다귀를 저장해둔 개처럼, 어디에 가면 마련된 쾌락을 찾을 수 있을지를 나는 알고 있다. 오목한 시내 모퉁이에 따뜻한 공기가 약간 감돌고 있음을 나는 안다. 수풀 어귀 울타리 위에는 아직도 잎이 떨어지지 않은 보리수, 학교에 가는 중인 대장간 소년에게 주는 미소와 애무. 좀 더 가면 수북이 떨어진 낙엽 냄새. 웃음을 지어 보일 수 있는 어떤 여인. 오막살이 곁에서 그의 어린아기에게 입을 맞추고. 가을에는 멀리멀리 울리는 대장간의 망치 소리 — 그것뿐인가? — 아아! 잠들자! — 하찮은 것들이다 — 그리고 나는 너무나 기대에 지쳐버렸다.

*

새벽도 되기 전에 어스레한 야음을 더듬으며 떠나는 몸서리나는 출발. 영혼과 육체의 전율. 어지러움. 가지고 갈 것이 또 무엇인가 생각해본다 — 메날크, 출발할 때 가장 좋은 것은 무엇인가? 그는 대답한다 — 죽음의 전주곡 같은 맛이라고. 그렇다.

무슨 다른 것을 보기 위해서라기보다 그저 필요 불가결한 것이 아닌 모든 것과 이별을 하자는 것뿐이다. 아아! 나타나엘이여, 그 밖

에도 많은 것들을 우리는 떨쳐버릴 수 있지 않겠는가? 마침내 사랑
으로 ─ 사랑과 기대와 희망(이것들이야말로 우리들의 진정한 소유이거
늘) ─ 그득히 찰 수 있을 만큼 충분히 헐벗지 못하는 넋이여.

　아아! 살려면 어엿이 살 수도 있었을 그 모든 고장들! 풍성한 행
복의 고장. 일이 고된 농장들. 이루 헤아릴 수 없는 밭일들. 피로. 수
면의 무한한 정일(靜逸)……

　떠나자! 그리고 아무 곳에서나 닥치는 대로 발길을 멈추자.

2

승합마차여행

　너무 점잔 떨게 만드는 도시의 복장을 나는 벗어버렸다.

*

　그는 나에게 기대어 있었다. 그의 심장의 고동으로 나는 그가 살
아 있는 인체임을 느낄 수 있었고, 그의 조그만 육체의 체온이 나를
불타게 하였다. 그는 나의 어깨에 기대어 자고 있었다. 그의 숨소리
가 들렸다. 훈훈한 그의 숨결이 거북스러웠지만 그를 깨우지 않으
려고 나는 움직이지 않았다. 그의 귀여운 머리는 빽빽하게 들어찬
마차가 흔들릴 때마다 건들거리고 있었다. 다른 사람들도 얼마 남

지 않은 밤시간을 아끼듯이 잠자고 있었다.

그렇다, 나는 사랑을 알았다. 사랑과 그 밖의 또 많은 것들을. 그러나 그때의 그 애정에 관하여 나는 아무 말도 할 수 없을 것인가?

그렇다, 나는 사랑을 알았다.

나는 방랑하는 모든 것의 옆을 스쳐갈 수 있기 위하여 스스로 방랑자가 되었다. 어디서 몸을 녹여야 할지 모르는 모든 사람들에게 애틋한 정을 느끼고 유랑하는 모든 것을 열렬하게 사랑하였다.

*

4년 전의 일이었지만 지금 내가 지나고 있는 이 조그만 도시에서 어느 날 저녁 한때를 지냈던 일을 기억하고 있다. 계절은 지금처럼 가을이었다. 그때도 일요일은 아니었고 해가 기울었다.

지금처럼 거리를 거닐고 있으려니까 시가지 변두리에 아름다운 경치가 내려다보이는 공원이 나타났다.

나는 같은 길을 지금 걷고 있으며 모든 것을 알아볼 수 있다.

지난날의 발자취를 따라가는 나에게는 어느덧 감동이…… 돌로 된 벤치가 있어서 나는 거기에 앉았다 — 바로 여기다 — 여기서 책을 읽고 있었는데 무슨 책이었을까? — 아아! 비르질이었다 — 그리고 빨래하는 여인들의 방망이 소리가 들렸다 — 지금도 들린다 — 바람은 잔잔했다 — 바로 오늘처럼.

어린아이들이 학교에서 돌아온다 — 그때도 그랬다. 행인들이 지나간다 — 그때 지나가던 것처럼. 해는 저물어가고 있었다. 지금 저녁이 되었다. 낮의 노래들은 이제 그치게 될 것이다……

그 밖의 할 말은 없다.

하지만, 그것으로선 시가 될 수 없겠어요…… 하고 앙젤이 말하였다.

그러면 그만두죠, 하고 나는 그만두었다.

*

우리는 새벽이 되기 전에 서둘러 일어나기도 했다.

몰이꾼이 마당에서 말을 탄다.

물통에서 쏟아지는 물이 포석(鋪石)을 닦고, 덜그럭거리는 펌프 소리.

생각에 잠겨 잠을 자지 못한 사람의 얼떨떨한 머리. 떠나야만 하는 곳. 조그만 방. 여기에 잠시 동안 나는 머리를 기대고 있었다. 나는 느끼고 생각하며 밤을 새웠다.

죽으면 그만이지! 그리고 어디서든지(살기를 그치게 되면 어느 '곳'이든 아무 '데'도 아닌 것이다) 살았기에 나는 여기에 있었다. 떠나는 방! 슬픈 것이기를 나로서는 한 번도 원하지 않은 출발의 쾌감. 눈앞에 있는 이것에 대한 현재의 소유가 언제나 나를 열광케 하였다.

그러므로 한순간 이 창문에 기대어 내다보자…… 출발의 순간이 오고야 만다. 지금 이 순간이 출발 순간 직전의 순간이기를 나는 바

120

란다…… 거의 끝나가는 이 밤, 행복의 무한한 가능성을 향하여 몸을 기울일 수 있도록.

즐거운 순간이여, 광대한 창공에 여명이 물결치게 하라.

승합 마차의 채비는 되었다. 떠나자! 나의 머릿속에 떠올랐던 모든 것이 나처럼 어리둥절한 도주(逃走) 속에 사라져버리기를.

수풀 길. 향기로운 지대. 가장 훈훈한 데서는 대지의 냄새가, 가장 싸늘한 데서는 물에 젖은 나뭇잎의 냄새가 풍긴다. 나는 눈을 감고 있었다. 다시 눈을 떴다. 그렇다, 거기에는 나뭇잎들이, 여기에는 파헤쳐놓은 농토가 보인다.

스트라스부르

오! '어마어마한 성당'

너의 그 하늘을 찌를 듯한 탑! 너의 탑 꼭대기에서 내려다보면, 마치 흔들리는 곤돌라에서 지붕들 위에 있는

기다란 다리를 가진

교조적이고 딱딱한 모습의

황새들을 보는 듯하였다.

황새들은 그 긴 다리를 천천히 놀리고 있다. 그것을 움직이는 것조차 매우 어려운 까닭이리라.

밤에 나는 헛간에 가서 잤다.

마침 몰이꾼이 건초 속에 묻혀 있는 나를 찾으러 왔다.

……키르슈주(酒) 석 잔째에, 더운 피가 나의 두개골 밑을 돌기 시작했다.

넉 잔째에는 가벼운 취기를 느껴 모든 물건들이 가까워지고 팔만 벌리면 잡힐 듯하였다.

다섯 잔째에는 내가 앉아 있던 그 방 안, 즉 세계가 마침내 숭고한 형태를 띠고 거기서 나의 숭고한 정신이 더 자유로이 움직일 수 있는 듯했다.

여섯 잔째에는 조금 피로감을 느껴 잠이 들어버렸다.

(우리들의 모든 감각의 즐거움은 거짓말처럼 불완전했다.)

나는 주막의 텁텁한 포도주를 맛보았다. 오랑캐꽃 같은 맛이 되돌아와 깊은 낮잠이 들게 하는 술이다. 나는 밤의 취기도 알았다. 그대의 힘찬 사상에 억눌려 지구 전체가 동요하는 것 같은 그러한 때.

나타나엘이여, 그대에게 도취를 이야기해주리라.

나타나엘이여, 흔히 그저 목 마를 때 물 마신다는 것 그 자체가 나에게는 도취감을 일으켜주었다. 미리부터 욕망에 나는 취하여 있었던 까닭이다. 그리고 첫째로 내가 길 위에서 찾던 것은 주막이었다기보다는 나의 허기증이었다.

도취 — 이른 아침부터 걸었기 때문에 굶주림이 식욕이 아니라 일종의 어지러움일 때, 굶주림의 도취감. 저녁이 되기까지 걸었을 때, 목마름의 도취감. 그럴 때면 아무리 변변치 않은 소찬일지라도 나에게는 폭음 포식인 양 과분한 것이 되어 강력한 생명감을 서정(抒情)이 넘치도록 맛보는 것이었다. 그리하여 나의 감각이 자아내는 쾌락은, 감각으로 어루만질 수 있는 모든 것을 촉감할 수 있다는 행복을 느끼는 것이었다.

나는 생각의 형태를 약간 변모시키는 도취감도 알았다. 어느 날 생각들이 망원경의 통처럼 술술 늘어나던 것이 생각난다. 마지막으로부터 두 번째 생각이 그만하면 가장 오묘한 것 같았다. 그러다가는 거기서 더욱 교묘한 생각이 나오곤 하였다. 어느 날에는 생각들이 아주 동그랗게 되어 정말 구르는 대로 내버려둘 수밖에 별 도리가 없었던 것을 나는 기억하고 있다. 어떤 날에는 생각들이 하도 신축성을 띠게 되어 어느 것이나 다른 모든 것의 형태를 띠게 되고 서로 형태가 바뀌던 것을 기억하고 있다. 또 어떤 때는 두 개의 생각이 평행하여 그렇게 영원 무궁토록 커가려는 것 같기도 했다.

자기 자신이 더 선량하고 더 위대하고 더 존경할 만하고 더 덕망이 있고 더 풍부하다고 믿게 하는 그러한 도취감도 나는 알았다.

가을

벌판에는 커다란 경작지들이 있었다. 밭고랑에서는 황혼 속에 김
이 피어오르고 있었다. 피로한 말들은 더욱 느린 걸음으로 움직이
고 있었다. 마치 처음으로 땅 냄새를 맡아보는 것처럼 황혼은 매일
나를 도취시켰다. 그럴 때면 나는 가랑잎에 뒤덮인 숲 기슭 언덕에
앉기를 즐겨 하였다. 경작지에서 들려오는 노랫소리에 귀를 기울이
고 힘 잃은 태양이 지평선 저 멀리 잠들어가는 것을 바라보면서.

축축한 계절. 비 많이 내리는 땅, 노르망디……

산보 ― 광야. 그러나 거칠지는 않다.

절벽 ― 숲 ― 싸늘한 시내. 그늘 속의 휴식. 이야기.

― 불그레한 고사리잎들.

― 아아, 목장이여, 왜 너를 여행 중에 만나지 못했던가, 말을 타
고 건너갔으면 좋았으련만, 하고 우리는 생각하는 것이었다(목장은
완전히 숲으로 둘러싸여 있었다).

저녁의 산보.

밤의 산보.

산보

'존재한다는 것'이 나에게는 굉장히 쾌락적인 것이 되었다. 생의
모든 형태를 나는 맛보고 싶었다. 물고기의 생명에서 식물의 생에
이르기까지. 모든 감각의 즐거움 중에서도 나는 촉감의 즐거움이
제일 탐났다.

가을 벌판에 소나기를 맞으며 외로이 서 있는 나무. 검붉게 물든
잎이 떨어지고 있었다. 깊이 젖어든 땅 속에서 물이 오랫동안 그 뿌
리를 적셔줄 것이라고 나는 생각하였다.

그 당시 나의 맨발은 젖은 땅, 웅덩이의 살랑거리는 물결, 서늘한
또는 미지근한 진흙의 촉감을 즐겼다. 내가 왜 그렇게 물이며 특히
물에 젖은 것을 좋아했는지 나는 알고 있다. 물은 공기보다도 더 뚜
렷하게 가지각색으로 변화하는 그 온도의 차이를 즉각적으로 느끼
게 해주기 때문이다. 나는 가을의 축축한 바람을 좋아했다······ 비
많이 내리는 노르망디의 땅.

라 로크

짐수레들이 향기로운 수확물을 싣고 돌아왔다.
헛간은 건초로 가득 찼다.

언덕에 부딪치고 수레 자국에 따라 흔들리는 무거운 짐수레들.
얼마나 여러 번 너희들은 풀 말리는 씩씩한 소년들에 섞이어 건초
더미 위에 누운 나를 벌판에서 싣고 돌아왔던가?

아아, 언제 나는 다시 낟가리 위에서 황혼이 내리는 것을 기다리
게 될 수 있을까? ……저녁이 내리고 있었다. 우리는 헛간에 당도하
였다.

마지막 석양이 머뭇거리고 있는 농장 마당으로.

3

농장

농부여!

농부여! 너의 농장을 노래하라.

나는 잠시 거기서 쉬고 싶다 — 그리고 너의 헛간 곁에서 마른 풀
향기가 회상시켜주는 여름을 꿈꾸고 싶다.

너의 열쇠들을 손에 들라, 하나씩 하나씩. 문을 차례차례 열어
다오.

첫째 문은 헛간의 문이다……

아아! 세월이 바뀌지 않는 것이라면! ……아아! 헛간 곁의 따뜻

한 마른 풀 속에서 쉴 수 있었으련만! ……방랑하며 정열을 뿌려 사막의 메마름을 극복하려 하기보다! ……나는 추수하는 농부들의 노랫소리를 들으련만. 그리고 고요히 마음을 가라앉혀 수확이, 헤아릴 수 없이 풍성한 저장품들이, 수레 위에 산더미처럼 쌓여 집으로 돌아오는 것을 보련만 — 나의 욕망의 질문에 대하여 기다리고 있는 대답들처럼. 욕망을 채워줄 것을 찾아 나는 벌판으로 가지 않아도 될 것이요, 여기서 한가로이 나는 나의 만족을 충족케 하련만.

웃어야 할 때가 있고 — 웃어버렸을 때가 있는 것이다.

웃어야 할 때가 있다. 그렇다, 그리고 웃은 것을 회상해야 할 때가 있다.

진정으로, 나타나엘이여, 이 풀들이 넘실거리는 것을 보았던 것은 나였다, 다른 아무도 아닌 나였던 것이다 — 베어 넘겨진, 모든 것과 마찬가지로 지금은 시들어 건초 냄새를 풍기고 있지만 — 이 풀들이 생생하게 살아 있어 푸르렀다가 황금빛으로 물들고 저녁 바람에 흔들리는 것을 — 아아! 잔디밭에 누워서 — 우거진 풀들이 우리들의 사랑을 맞아주던 그 시절로 돌아갈 수 있는 것이라면.

들짐승들이 나무 밑을 기어다니고 있었다. 길마다 나무들이 늘어서 있었다. 그리고 허리를 땅 위로 가까이 굽히고 잎에서 잎으로 꽃에서 꽃으로 따라가며 보노라면 수많은 곤충들이 눈에 띄었다.

초록의 윤기로, 꽃들의 모습으로, 나는 땅의 습도를 알아볼 수 있었다. 어떤 풀밭에는 들국화가 성좌처럼 피어 있었다. 그러나 우리들이 좋아하고 우리들의 사랑이 깃들던 잔디밭에는 하얗게 산형화

들이, 어떤 것은 가볍게 커다란 베르스꽃같이, 다른 것들은 불투명하게 벌어져 가득히 피어 있었다. 저녁에는 더욱 깊어진 풀 속에서 마치 반짝거리는 해파리들처럼 자유로이 줄기에서 떨어져 피어오르는 안개 위에 떠올라 나부끼고 있는 것 같았다.

*

둘째 문은 곡창의 문이다.

산더미처럼 쌓인 낟알이여, 나는 너희들을 찬양하리라. 오곡이여, 갈색의 밀이여, 기다림 속에 묻혀 있는 보고(寶庫)여, 헤아릴 수 없는 저장(貯藏)이여.

우리들의 빵이 다 없어진들 어떠리! 곡창이여! 나는 너의 열쇠를 가지고 있다. 산더미 같은 낟알이여, 너희들이 거기에 있다. 나의 굶주림이 지쳐버리기 전에 너희들을 다 먹을 수 있을 것인가? 밭에는 하늘의 새들, 헛간에는 쥐들, 그리고 가난한 모든 사람들은 우리들 식탁에…… 나의 굶주림이 다하기까지 너희들은 남아 있게 될 것인가?

낟알이여, 나는 한 줌의 너를 간직한다. 그것을 나의 기름진 밭에 뿌린다. 좋은 계절에 그것을 나는 뿌린다. 한 알이 백 알을 낳고, 또 한 알이 천 알을……

낟알이여, 나의 굶주림이 충만한 곳에 너희들은 풍성하리라!

처음에는 조그만 푸른 풀처럼 싹트는 밀이여, 말하라. 어떠한 황금 같은 이삭을 너희들의 고개 숙인 줄기가 늘이게 될 것인가를!

황금빛의 밀짚, 단마다 벗이 달리고 — 내가 뿌린 한 줌의 낟알……

*

셋째 문은 착유장(搾乳場)이다.

휴식. 침묵. 치즈가 압축되고 있는 발받침에서 끝없이 떨어지는 물방울. 금속관 속에 압착되는 버터 덩어리. 7월의 몹시 더운 날씨에는 굳어진 우유 냄새가 한결 더 산뜻하고 심심한 듯…… 아니, 심심한 것이 아니라 짭짤한 맛이 연하고 은근하여서 콧속에서만 느낄 수 있어 냄새라기보다는 벌써 맛이나 다름이 없다.

아주 깨끗하게 다루어지는 교유기(攪乳器). 배추잎 위에 놓인 버터 덩어리. 부녀자의 붉은 손. 언제나 열려 있지만 고양이며 파리들을 막기 위해서 철사를 둘러친 창문.

크림이 다 떠오르기까지 노란빛을 떠어가는 우유가 가득히 찬 통들이 가지런히 놓여 있다. 크림이 천천히 떠올라 부풀어 주름이 잡히고 유청(乳淸)이 남는다. 크림이 모두 빠지고 나면 유청을 걷어낸다(그러나 나타나엘이여, 그러한 것들을 모두 그대에게 이야기할 수는 없다. 나에게는 농업에 종사하는 한 친구가 있는데, 그는 그런 것들을 훌륭하게 이야기한다. 무엇이나 제각기 쓸모가 있다고 그는 설명을 하고 어떻게 유청을 버리지 않고 사용하는가를 가르쳐준다)…… (노르망디에서는 그것을 돼지에게 주지만 그보다 더 요긴히 쓰일 수도 있는 모양이다.)

*

넷째 문은 외양간으로 들어가는 문이다.

외양간은 지긋지긋하게 무덥지만 소들은 좋은 냄새를 풍긴다. 아아! 땀이 배인 몸에서 구수한 냄새를 풍기는 농가의 어린아이들과 함께 소의 다리들 사이를 뛰놀던 그 시절로 돌아갈 수 있다면!
풀 말리는 시렁 구석에서 우리들은 달걀을 찾곤 하였다. 여러 시간 동안 소들을 바라보기도 하였다. 쇠똥이 떨어져서 터지는 것을 바라보고 있었다. 어느 소가 제일 먼저 똥을 눌 것인가 내기를 하기도 했다. 그리고 어느 날 나는 암소 한 마리가 갑자기 송아지를 낳을 것 같아서 겁을 집어 먹고 달아났다.

*

다섯째 문은 과일 저장실의 문이었다.

햇볕을 듬뿍 받고 있는 창문 앞에 포도들이 줄에 매달려 있다. 알들마다 명상에 잠겨 익으면서 슬며시 빛을 새김질한다. 향기로운 단맛을 빚고 있는 것이다.

배. 수북이 쌓인 사과. 과일이여! 나는 너희들의 즙이 뚝뚝 흐르는 과육(果肉)을 먹었다. 나는 씨를 땅 위에 던졌다. 싹터라, 씨들이여! 다시 한번 우리들에게 즐거움을 주기 위하여.

미묘한 아몬드. 경이의 약속. 핵(核). 기다리며 잠들어 있는 이른 봄. 두 여름 사이의 씨. 여름을 맞고 보낸 씨.

나타나엘이여, 싹틀 때의 괴로움은 뒤에 생각하기로 하자(씨를 뚫고 나오기 위한 풀의 노력이란 여간한 것이 아니다).

그리고 지금은 어떠한 번식에든지 쾌락이 따른다는 사실을 찬탄하자. 열매는 단맛으로 둘러싸인다. 그리고 생에 대한 모든 줄기찬 끈기는 즐거움으로 둘러싸이는 것이다.

과일의 과육, 맛을 지닌 사랑의 증거.

*

여섯째 문은 압착실(壓搾室)의 문이다.

아아! 나는 왜 지금 더위도 스러지는 — 헛간 밑에서 — 사과들 틈에 끼어, 압착되는 새콤한 사과들 사이에서 그대 곁에 있지 못한가? 아아! 술라미트여, 우리들의 육체의 쾌락이 축축한 사과들 위

에서는 — 그 달콤한 냄새에 실려 — 좀 서서히 말라버리는 것인지,
사과들 위에선 좀 더 오래 계속되는 것인지 알아보려 했다……

맷돌 소리가 나의 추억을 흔들어준다.

*

일곱째 문은 증류실로 통한다.

어스레한 빛. 불타는 아궁이. 컴컴한 기계. 구리 대야들이 어둠
속에서 떠오른다.

증류기. 귀중하게 받아 모아지는 신비로운 진(나는 또한 송진을,
고무진을, 탄력 있는 무화과나무의 젖을, 머리를 잘린 야자수의 술
을 받아 모으는 것을 보았다). 좁다란 입을 가진 유리병. 도취가 물
결을 이뤄 네 안으로 모여 출렁거린다. 열매 중에서 가장 감미롭고
싱싱하던 것, 꽃 중에서 가장 달콤하고 향기롭던 것을 지닌 에센스.

증류기. 아아! 배어서 맺히는 황금 방울(모아서 졸인 앵도즙(櫻
桃汁)보다도 더 맛이 진한 것들이 있다. 목장처럼 향기로운 것들도
있다). 나타나엘이여! 그야말로 황홀한 광경이다. 온 봄이 이곳에
모여 있는 듯하다…… 아아! 나의 도취는 이제 연극처럼 펼쳐진다.
이 컴컴하고 나의 눈에 보이지도 않게 될 방 속에 들어앉아 나는 마
시고 싶다 — 나의 육체에게 — 그리고 나의 정신을 해방시키기 위
하여 — 내가 바라는 저 모든 다른 곳의 환영을 줄 수 있을 만한 것

을 마셔보고 싶다……

*

여덟째 문은 차고(車庫)의 문이다.

아아! 나는 황금의 잔을 부쉈다 — 나는 깨어난다. 도취란 다만
행복의 대용품에 지나지 않는다. 마차여! 모든 도망이 가능하다. 썰
매여, 얼음에 싸인 나라여, 나는 너희들에게 나의 욕망을 매단다.

나타나엘이여, 우리는 온갖 것들로 향하여 갈 것이다. 차례차례
로 우리는 모든 것에 도달할 것이다. 나는 안장 주머니에 금화를 가
지고 있다. 상자 속에는 추위가 그리워질 것만 같은 모피가 있다. 바
퀴여, 달리는 너의 회전을 누가 셀 수 있을 것인가? 마차들이여, 가
벼운 집들이여, 날을 듯 떠오르는 우리들의 환희를 위하여 우리들
의 마음이 제멋대로 너희들을 몰아가기를! 가래들이여, 우리들의
밭 위로 소들이 너희들을 휘두르기를. 헛간 속에 버려둔 보습들이
녹슬고 있다. 그리고 온갖 도구들이…… 너희들, 우리들 존재의 하
염없는 모든 가능성들이여, 너희들은 괴로움 속에서 기다리고 있
다 — 더없이 아름다운 고장을 갈망하는 자를 위하여 너희들에게
하나의 욕망이 매달리기를 너희들은 기다리고 있다.

우리들의 쏜살같은 속도로 인하여 일어나는 눈보라가 우리들
의 뒤를 따르게 되기를! 썰매여, 나는 나의 모든 욕망을 너에게 매

단다.

마지막 문은 벌판을 향해 열려 있었다.

6장

린세우스

온갖 것 보러 태어났건만
온갖 것 보아서는 안 된다 하더라.
− 괴테《파우스트》제2부

계명(誡命)들이여, 너희들은 나의 넋을 괴롭혔다.

계명들이여, 너희들은 열이런가 스물이런가?

어디까지 너희들 한계를 좁히려는가?

항상 더 많은 금단(禁斷)의 사물이 있다고 너희들은 가르치려는가?

지상에서 아름답다고 생각되는 모든 것에 대한 갈망에는 또 새로운 벌(罰)이 약속되어 있다고 가르치려는가?

계명들이여, 너희들은 나의 넋을 병들게 하였다.

너희들은 내가 마실 수 있는 유일한 물 주위를 벽으로 둘러쌌다.

……그러나, 나타나엘이여, 이제 나는 측은한 마음 금할 길 없다.

인간들의 미묘한 과오에 대하여.

*

나타나엘이여, 모든 것은 신성하고 자연스럽다는 것을 그대에게
가르쳐주리라.
나타나엘이여, 그대에게 모든 것을 이야기해주리라.

어린 목자여, 나는 그대에게 쇠붙이를 씌우지 않은 지팡이를 주
리라. 그리고 언덕과 골짜기를 넘어서 우리는 아직 어떠한 주인의
뒤도 따르지 않은 양들에게 친절하게 너를 인도해줄 것이다.

목자여, 나는 그대의 욕망을 지상에 있는 아름다운 모든 것으로
인도하리라.

나타나엘이여, 나는 그대의 입술을 새로운 갈증으로 불타게 하리
라. 그리하여 시원하기 이를 데 없는 잔들을 가까이 가져가리라. 나
는 마셨다. 입술의 갈증을 끌 수 있는 곳을 나는 알고 있다.
나타나엘이여, 너에게 샘물의 이야기를 해주마.

바위에서 솟는 샘들이 있다.
빙산 밑에서 솟는 샘들도 있다.

하도 푸르러서 한없이 깊어 보이는 것들도 있다.

(시라쿠사의 시아네 샘은 그렇기 때문에 희한하다.

쪽빛의 샘. 아늑한 수반. 파피루스 숲 속에 펼쳐지는 물. 우리들은 쪽배에서 몸을 굽혔다. 청옥(靑玉) 같은 조약돌 위로 남빛 물고기들이 헤엄치고 있었다.

자구앙의 님프 샘에서는 옛날 카르타고 사람들이 마시던 물이 솟고 있다.

보클류즈에서는, 물이 땅에서 솟는데 오래 전부터 흐르고 있는 듯이 풍성하다. 그것은 벌써 강이라고도 할 만하여 땅 밑으로 그 물을 거슬러 올라갈 수도 있다.

물은 동굴들을 지나 어둠에 잠긴다. 횃불이 나붓거리며 꺼져버릴 듯하다. 그러고는 너무나 어두운 곳에 다다르게 되어 이렇게 중얼거리게 된다 — 더 거슬러 올라갈 수는 도저히 없겠군.)

바위들을 화려하게 물들이는 철분을 지닌 샘들이 있다.

초록빛의 더운물이 처음에는 독을 풀어놓은 것 같은, 유황을 지닌 샘들도 있다.

그러나 나타나엘이여, 그 물로 목욕을 하면 살결이 기막히게 부드러워져서 손으로 만지면 한결 더 감미로운 촉감을 느끼게 해주는 것이다.

저녁이면 안개가 피어오르는 샘들도 있다. 밤에 그곳 둘레에 드리웠다가 아침이 되면 사라져버리는 안개.

이끼와 골풀 사이에서 창백한 모습을 보여주는 지극히 순박한 샘들. 여인들이 빨래를 하러 오기도 하며 또 방아를 돌리는 샘들.

마르지 않는 수원(水源). 물의 용솟음. 바위 밑의 풍성한 물. 숨겨진 웅덩이. 벌어진 그릇. 굳은 바위라도 터질 것이다. 산은 키 작은 나무들로 뒤덮이리라.

메마른 고장들도 기쁨을 누릴 것이며, 사막의 모든 쓰라림도 꽃을 피우게 될 것이다.

우리들의 갈증으로는 다 마실 수 없을 만큼 무수한 샘들이 땅에서 솟아오르고 있다.

끊임없이 새로 괴는 물. 하늘에서 떨어지는 수증기.

벌판에 물이 없으면 산으로 물 마시러 가라! 그렇지 않으면 땅 밑의 수로들이 산의 물을 벌판으로 흐르게 하라 — 그라나다의 그 놀라운 관개(灌漑) — 수원지. 님프들 사는 곳 — 그렇다, 샘 속에는 대단한 미녀들이 있다. 유영장, 유영장이여! 너희들 속에서 깨끗한 몸이 되어 우리는 나오게 되리라.

태양은 여명 속에 씻기고

달은 밤 이슬에 씻기듯

너희들의 흐르는 물속에

우리는 피로한 팔다리를 씻으리라.

샘물에는 비상한 아름다움이 있다. 그리고 땅 밑을 스며 흐르는 물. 그 물은 마치 수정 속을 지나온 것처럼 한없이 맑게 보인다. 그

물을 마시는 비상한 즐거움. 그것은 공기처럼 파랗고, 마치 없는 것
처럼 투명하고 맛도 없다. 지극히 시원한 감촉으로밖에는 느껴지지
않는다. 그것이야말로 물의 숨겨진 미덕이다.

나타나엘이여, 물 마시고 싶어지는 심정을 알겠는가?

나의 감각의 가장 큰 기쁨은 목마를 때 물 마시는 것이었다.

이제 그대에게 말해주리라, 나타나엘이여.

롱드
축여진 나의 목마름의

넘치는 잔으로 가까이 내민 입술

사랑의 키스를 향하는 것보다 더하였으니
가득 찼던 잔도 순식간에 비워졌더라.

나의 감각의 가장 큰 기쁨은
물을 마셔 축이는 갈증이었다.

*

오렌지를 짜서 즙을 내어 만드는

음료들이 있다.
시트론이며 레몬 따위 —
새콤하고도 달콤하기에
목을 시원하게 해주는 것들.

이가 닿기도 전에
입술에 눌려 부서질 것만 같은 엷은 잔으로 마시기도 했다.
그 속에서는 음료가 더욱 진미로워 보인다.
입술과 그것 사이에 놓인 것이 아무것도 없기 때문이다.
두 손으로 움켜잡아
술을 입술까지 들어올리는
고무로 된 잔으로 마시기도 했다.

주막의 투박스런 유리잔으로 걸쭉한 시럽을 마시기도 했다.
태양 밑을 온종일 걸은 날 저녁
물통 속의 차디찬 물을 마시고 나면
저녁의 어둠을 한결 더 가까이 느꼈다.
역청(瀝靑) 섞인 염소 가죽 냄새가 풍기는
부대 속에 간직했던 물도 마셨다.

거의 엎어질 듯이 기슭에 엎드려서
목욕하고 싶어지는 시내의 물도 마셨다.

벌거숭이 팔뚝을 맑은 물속 깊숙이

하얀 조약돌 팔랑거리는 밑바닥까지 잠그면……

시원한 맛 어깨로도 스며들더라.

목동들은 손으로 물을 떠 먹고 있었다.

나는 그들에게 밀짚으로 빨아 먹는 법을 가르쳐주었다.

어떤 날에는 뜨거운 태양 밑을

여름철 한창 무더운 때에

축일 수 있는 심한 갈증을 찾아 걷기도 했다.

기억하는가, 벗이여. 그 고되던 여로(旅路)의 어느 날 밤, 땀에
흠뻑 젖어서 벌떡 일어나 흙 옹기에 담겨져 차가워진 물을 마시던
일을?

웅덩이, 여인들이 내려가는 숨겨진 우물. 햇빛을 본 적이 없는
물. 응달의 맛. 공기 감도는 물.

기이하리만큼 투명한 물, 더 싸늘하게 보이도록 쪽빛이거나 차
라리 초록빛이었으면 ― 그리고 회향(茴香) 맛을 풍겨주었으면 하
던 물.

나의 감각의 가장 큰 기쁨은

축여진 갈증이었다.

아니다! 하늘에 있는 모든 별, 바다에 있는 모든 진주, 물굽이 언저리에 있는 모든 백조들, 나는 아직도 그것들을 모두 세지 못하였다.

나뭇잎들의 모든 속삭임도, 여명의 모든 미소도, 그리고 여름의 모든 웃음도. 이제 무어라 말할 수 있으랴? 나의 입이 말하지 않는다고 나의 마음이 쉬고 있는 줄 아는가?

오! 창공에 잠긴 벌판!

오! 꿀에 젖은 벌판!

꿀벌들은 올 것이다. 밀랍을 무겁도록 지니고……

활대와 돛이 문살처럼 어른거리는 뒤에 새벽이 숨어 있는 컴컴한 항구들을 나는 보았다. 아침에 커다란 기선들의 선복(船腹) 사이로 슬며시 떠나가는 쪽배의 출발. 늘어진 닻줄 밑을 지날 때면 허리를 굽혀야만 했다.

나는 밤에 수많은 범선들이 어둠 속으로 잠겨 낮을 향하여 자취를 감추며 떠나가는 것을 보았다.

*

그것들은 진주처럼 반짝이지는 않는다. 물처럼 번들거리지도 않는다. 그리고 길가의 조약돌들도 빛을 던진다. 걸어가는 응달진 길

속에서 나를 맞아주던 빛의 정다운 접대.

그러나 야광(夜光)에 관해서는, 나타나엘이여. 아아! 그대에게 무엇이라 말하면 좋을까? 물질은 정신에 대하여 무한히 스며들 수 있는 잔 구멍을 열어 유순하게 모든 법칙을 받아들이는 것, 어디까지나 투명한 것이다. 그 회교도의 도시 성벽들이 저녁에 붉게 물들고 밤에 어렴풋이 빛을 머금는 모습을 그대는 보지 못했지. 낮이면 쏟아지는 빛을 받던 성벽들. 한낮에는 금속처럼 흰 성벽들(거기에 빛이 쌓인다). 밤에 너희들은 그 빛을 이야기하며 그것을 소곤소곤 말해주는 것 같았다 — 도시들이여, 너희들은 마치 투명한 것 같았다 — 멀리 언덕에서 바라다보면, 사방을 둘러싸는 광대한 야음 속에서 너희들은 빛나고 있었다. 마치 신앙심 깊은 마음의 상징과도 같은 하얀 빈 등잔에, 기공으로 스며들듯 빛이 가득히 들어차 그 광채가 우유처럼 둘레로 흘러내리는 것같이.

응달진 길가의 흰 조약돌들. 빛의 보금자리. 광야의 황혼 속에 희게 드러나는 히스. 회교사원의 대리석 바닥. 바다의 동굴 속에 피는 꽃, 아네모네…… 흰 것이란 모두 보류된 빛의 소산이다.

나는 모든 존재를 빛을 받아들이는 능력에 따라 판단할 줄 알게 되었다. 낮에 햇빛을 맞아들일 수 있었던 어떤 것들은 밤이 되면 빛의 세포인 듯 나에게는 생각되었다.

한낮에 벌판을 흐르는 물이 멀리 불투명한 바위 밑으로 흘러들어 수북이 쌓인 금빛 어리는 보물 같은 빛을 뿌리는 것을 나는 보았다.

그러나 나타나엘이여, 여기서 나는 '사물'들에 관해서만 그대에게
말하고자 한다.

눈에 보이지 않는 현실에 관해서는 말할 수가 없다 ─ 왜냐하면

……저 신기한 물풀처럼 그것을 물에서 꺼내면, 금세 빛을 잃어
버리고 마는 것이기 때문에……

그러므로…… 등등.

풍경의 무한한 변화는, 우리들이 아직도 행복의 모든 형식들, 즉
그것들이 지닐 수 있는 명상이며 슬픔의 온갖 형태를 알지 못하고
있다는 사실을 보여준다. 어렸을 적 브르타뉴의 광야에서 가끔 슬
픔에 잠기곤 하던 어떤 날에는, 갑자기 나의 슬픔이 나에게서 빠져
나가던 것을 나는 알고 있다. 슬픔은 풍경 속에 깃들어 그 속에 흡수
된다고 느껴지기 때문이었다 ─ 그리하여 나는 눈앞의 나의 슬픔을
흐뭇하게 바라볼 수 있었던 것이다.

영구 불멸의 새로움.

그는 매우 간단한 일을 한다. 그리고 이렇게 말한다 ─ 나는 그것
이 여태껏 만들어진 적도, 생각된 적도, 말해진 적도 없다는 것을 알
았다고 ─ 그러자 갑자기 모든 것이 나에게는 완전한 처녀성을 띠
고 있는 것으로 보여졌다(세계의 모든 과거는 현재의 순간 속에 완전히

흡수되어버리고).

*

7월 20일 오전 2시

기상(起床) ― 신(神)은 될 수 있는 대로 기다리게 하지 말아야 한다, 하고 나는 세수를 하면서 외쳤다. 아무리 일찍 일어나도 언제나 생명이 순환하고 있음을 볼 수 있다. 더 일찍 자리에 누웠던 탓으로 생명을 덜 기다리게 했던 것이다.

새벽이여, 너희들은 우리들의
가장 큰 즐거움이었다.
봄, 여름철의 새벽이여!
나날의 봄, 새벽이여!
무지개가 나타났을 때
우리는 아직도 일어나지 않았었다……
……이른 아침에 일어나지도 못했고
그렇다고 달을 볼 수 있을 만큼 저녁 늦도록 일어나 있는 것도 아니었다……

낮잠

여름철의 낮잠을 나는 맛보았다 — 한낮의 잠 — 너무나 이른 아침부터 시작한 일을 끝마치고 쓰러져 자는 잠.

2시 — 잠든 어린아이들. 숨막힐 듯한 정적. 피아노를 칠 수 있지만 치지는 않고. 사라사 커튼 냄새. 히아신스와 튤립. 널려 있는 빨래.

5시 — 땀에 젖어 눈을 뜨면, 두근거리는 심장. 몸서리. 가벼운 두뇌. 후련한 육체. 기공(氣孔)이 수없이 열려 모든 것들이 시원스럽게 밀려드는 것 같은 느낌. 기울어가는 태양. 노란 잔디밭. 해 저무는 무렵에 뜬 눈. 오오, 저녁 사색의 그윽한 술맛! 눈앞에 전개되는 저녁의 꽃들. 미지근한 물로 세수를 하고. 외출…… 에스팔리예. 둘러친 담장 속에서 햇볕을 받고 있는 정원. 길. 목장에서 돌아오는 가축들. 볼 필요도 없는 낙조 — 찬탄은 이미 충분하다.

귀가(歸家). 등잔가에서 다시 일을 시작한다.

*

나타나엘이여, 잠자리에 관해서는 그대에게 무엇을 말할까? 나는 낟가리 위에서 잤다. 밀밭 고랑에서 자기도 했다. 밤에는 건초 헛간에서 잤다. 나뭇가지에 해먹을 달아매기도 했다. 물결에 흔들리며 자기도 했다. 배의 갑판 위에 누워서 자기도 하고, 선창(船窓)의 얼빠진 눈을 마주 보며 선실의 비좁은 침대에 누워 자기도 했다. 청

148

년들이 나를 기다리던 잠자리도 있었다. 내가 어린 소년을 기다리던 잠자리도 있었다. 아주 부드러운 천이 드리워 있어 그것들이 나의 육체와 더불어 사랑을 꾸미는 것 같은 잠자리도 있었다. 나는 들에서, 나무 판장 위에서 일종의 자기 상실 같은 잠을 자기도 했다. 달리는 기차 속에서 잠시도 움직임의 감각을 버리지 않고 자기도 했다.

나타나엘이여, 잠을 훌륭하게 준비할 수도 있다. 상쾌하게 잠을 깰 수도 있다. 그러나 훌륭한 잠은 없는 것이다. 그러기에 꿈도 현실이라고 여겨지지 않으면 나로서는 흥미가 없다. 왜냐하면 아무리 아름다운 잠일지라도 깨어나는 순간에 비기면 가치 없는 것이기 때문이다.

나는 활짝 열어놓은 창가에서 마치 하늘 바로 밑에 누운 것 같은 기분으로 잠자는 습관을 붙였다. 7월의 무더운 밤에 달 밑에서 벌거숭이가 되어 자기도 했다. 새벽이 되면 참새들의 노랫소리가 잠을 깨워주는 것이었다. 나는 찬물에 뛰어들어 목욕을 하고 하루 일을 일찍이 시작하는 것을 자랑으로 여겼다. 쥐라 산맥에서 보면, 나의 창문은 골짜기를 향해 열려 있었다. 이윽고 그 골짜기도 눈으로 덮여버렸다. 나의 침대에서는 숲 기슭이 보였다. 까마귀며 까치 떼들이 날고 있었다. 아침 일찍이 가축의 방울 소리가 잠을 깨워주었다. 집 근처에는 샘터가 있어서 목동들이 소를 몰고 물을 먹이러 그곳에 왔다. 그 모든 것을 나는 기억하고 있다.

브르타뉴 주막의 거친 피륙과 좋은 냄새를 풍겨주는 세탁한 이부 자리 천들의 촉감을 나는 좋아했다. 벨일에서는 선원들의 노랫소리 가 잠을 깨워주었다. 나는 창가로 달려가서 멀어져가는 배들을 바 라보았다. 그러고는 바닷가로 내려가는 것이었다.

훌륭한 집들이 있다. 그러나 어느 집에서도 나는 오래 머무르고 자 하지 않았다. 닫혀지는 문, 함정이 두려운 것이다. 정신을 가둔 채 닫혀지는 밀실(密室), 유랑 생활은 목자들의 생활이다(나타나엘 이여, 그대에게 나의 지팡이를 주마. 이제는 그대가 나의 양들을 지켜라. 나 는 피로하다. 자, 이제 그대는 출발하라. 산천들은 널따랗게 열려 있고 만족 할 줄 모르는 양 떼들은 언제나 새로운 풀을 찾아 울고 있다).

나타나엘이여, 이따금 신기한 거처들이 나를 붙들려 하기도 했 다. 숲 속에 있기도 하고 또 어떤 것들은 물가에 있기도 했다. 널따 란 것들도 있었다. 그러나 습관에 젖어 그것들을 대수롭게 보지 않 게 되면, 또 창문이 약속해주는 것들에 끌려 그것들에 경탄하기를 그치고 다시 생각을 하기 시작하면, 나는 곧 그곳들을 떠나는 것이 었다.

(나타나엘이여, 이 새로움을 찾는 극성스러운 욕망을 그대에게 설명할 수 는 없다. 무엇이든 내가 건드리고 나면 시들어버리는 것이라고 생각되는 것 은 아니었다. 다만 나의 급격한 감각은 처음부터 하도 강렬한 것이어서 그다 음에는 아무리 되풀이해도 커질 수가 없었던 것이다. 그러므로 내가 같은 도 시, 같은 곳을 다시 찾아간 적이 흔히 있었던 것은, 잘 아는 윤곽 속에서 더 잘 느껴지는 세월의 또는 계절의 변화를 그곳에서 느끼기 위해서였다. 그리고

내가 알제리에 살면서 매일 저녁을 같은 무어인의 카페에서 보낸 것은, 저녁마다 달라지는 온갖 것들의 미묘한 변화를 감지하기 위해서, 같은 조그만 공간을 시간이 서서히 변형하는 모습을 바라보기 위해서였던 것이다.)

로마에서는, 핀치오 언덕 기슭에서 길가로 열려 있는 옥창(獄窓)처럼 창살이 달린 나의 방문으로 꽃 파는 여인들이 나에게 장미꽃을 권하고 있었다. 플로렌스에서는, 탁자 위에서 일어나지 않고서도 노란빛 도는 아르노 강이 넘쳐흐르는 것을 볼 수 있었다. 비스크라의 테라스로는 메리엄이 밤의 깊은 정적 속에 달빛을 받으면서 찾아왔다. 그녀는 유리문 안으로 들어서면서 웃음을 띠며 몸을 감싸고 있던 큼직한 흰빛의 찢어진 하이크를 슬쩍 떨어뜨렸다. 방 안에는 맛있는 과자들이 그녀를 기다리고 있었다. 그라나다에서는 나의 방 벽로 위에 촛대 대신에 두 개의 수박이 놓여 있었다. 세빌에는 '파시오'들이 있었다. 응달과 시원한 물이 가득히 차 있고 하얀 대리석이 깔려 있는 마당들이다. 흘러내리는 물은 마당 한가운데 있는 수반 속에서 잔물결을 일으키며 찰랑거린다.

북풍을 막고 남방의 빛을 흡수하는 두꺼운 벽. 방랑의 길을 계속하여 떠돌며 남방의 혜택을 거침없이 받아들이는 집…… 나타나엘이여, 우리들에게 방이란 무엇이겠는가?

풍경 속에서 비바람을 막아주는 것 외에 아무것도 아니다.

*

그대에게 또 창에 관한 이야기를 해주마. 나폴리에서 발코니 위에 앉아서 주고받던 이야기, 밤에 여자들의 밝은 옷자락 곁에서 잠기던 몽상, 반쯤 늘어진 커튼이 우리들을 소란한 무도장 안의 사람들과 격리시켜주고 있었다. 마음이 지칠 지경으로 섬세하게 신경을 쓰며 이야기를 주고받으며 얼마 동안은 말이 없이 앉아 있었다. 그러자 뜰로부터 강렬한 오렌지꽃 냄새와 여름밤의 새소리가 떠오르는 것이었다. 다음에는 이따금 그 새소리마저 그쳤다. 그러면 희미하게 물결 소리가 들려왔다.

발코니. 등나무와 장미꽃 바구니. 저녁 휴식. 훈훈한 기온.

(오늘 저녁에는 한심스러운 돌풍이 흐느끼며 유리창에 비를 뿌린다. 나는 그것을 무엇보다 사랑하려고 애를 쓴다.)

*

나타나엘이여, 그대에게 도시들의 이야기를 해주마.

나는 스미르나가 자리에 누운 어린 처녀처럼 잠자는 것을 보았다. 음란한 욕녀(浴女) 같은 나폴리를, 그리고 새벽이 가까워지면 뺨을 붉히는 카빌의 목동 같은 자구앙을. 알제리는 태양 밑에서 연정에 떨고 밤에는 사랑에 넋을 잃는다.

북국에서 나는 월광 속에 잠들어 있는 마을들을 보았다. 푸른빛
과 노란빛의 벽들이 한 집씩 건너 교대되고 있었다. 사방에는 벌판
이 퍼지고 있었다. 밭에는 커다란 낟가리가 여기저기 보였다. 쓸쓸
한 전원으로 나갔다가 잠들어 있는 마을로 돌아오게 되는 것이다.

수많은 도시들이 있다. 때로는 어떻게 그 도시들이 세워지게 되
었는지 알 수가 없다. 오오, 동양, 남방의 도시들. 밤이면 변덕스런
여인들이 와서 몽상에 잠기는 흰 테라스로 꾸며진 편편한 지붕의
도시들. 환락. 사랑의 향연. 근방의 언덕에서 내려다보면 어둠 속에
인광(燐光)처럼 빛나는 광장의 등불들.

동방의 도시들. 불타는 향연. 그곳에서는 성가(聖街)라고 불리는
거리. 카페에는 창녀들이 가득 차 있고 지나치게 날카로운 음악이
그녀들을 춤추게 하고 있다. 흰 옷을 입은 아라비아인들이 오가며,
또 서성거리는 아이들도 있다 — 사랑을 알기에는 너무 어려 보였
는데 과연 그런가? (어미 품에 안긴 새끼 새보다도 더 따뜻한 입술을 가진
아이들도 있었다.)

북국의 도시들. 선창. 공장. 연기가 하늘을 뒤덮는 도시들. 기념
비. 넘실거리는 탑. 거만스러운 개선문. 큰 거리를 달리는 기마 행
렬. 분잡한 군중. 비 그친 뒤의 번들거리는 아스팔트. 마로니에나무
들이 시들어가는 가로. 언제나 기다리는 여인들. 나른하기 이를 데
없는 밤들이 있어 그럴 때면 그저 부르는 소리만 들어도 넋을 잃을
것 같았다.

11시 — 폐점 시각, 철문이 닫히는 날카로운 소리. 밤에 쓸쓸한 거리를 지나노라면 쥐들이 재빨리 하수도를 찾아 들어갔다. 지하실의 뙤창으로 절반쯤 벌거벗은 남자들이 빵을 만들고 있는 것이 보였다.

*

오오, 카페! 우리들의 광태가 밤늦게까지 계속되던 곳. 취기와 이야기가 마침내 졸음을 쫓아버렸다. 카페! 그림과 경대가 가득히 차 있고 으리으리하여 그야말로 멋진 사람들만 보이는 카페가 있다. 익살맞은 구절을 노래하며 여자들이 스커트를 높이 추켜올리며 춤을 추는 조그만 카페들도 있다.

이탈리아에서는 여름철 저녁이면 광장에 자리를 잡고 거기서 맛있는 시트론 얼음 과자를 먹을 수 있는 카페가 있었다. 알제리에는 대마연초(大麻煙草)를 피우는 카페가 있는데, 거기서 나는 하마터면 맞아 죽을 뻔하였다. 이듬해에는 수상한 사람들만 모여든다 하여 경찰이 폐쇄한 카페였다.

또 다른 카페들…… 오오! 무어인의 카페! — 때로는 수다스러운 시인이 장황하게 옛날 이야기를 늘어놓는다. 여러 번이나 나는 무슨 소린지 알지도 못하면서 그의 이야기를 들었던 것이랴…… 그러나 그 모든 것들보다도 참으로 나는 네가 좋더라. 침묵과 황혼이 깃

154

드는 곳, 흙으로 지은 밤, 엘데르브의 조그만 카페. 그것은 오아시스 기슭에 있었다. 좀 더 가면 광막한 사막이 시작되니까 ― 거기서 나는 유난히 숨막히는 하루 낮이 끝난 뒤에 한결 더 평온한 밤이 내리는 것을 보았다. 곁에는 단조로운 피리 소리가 황홀하게 울려오고 있었다 ― 또 나는 너를 생각한다, 쉬라즈의 작은 카페여, 하피즈가 찬양하던 카페. 작부가 따라주는 술과 사랑에 취하여 장미꽃 향기 그윽하게 풍겨오는 테라스에서 묵상에 잠기고 있는 하피즈, 잠든 작부 곁에서 기다리는, 시를 지으면서 밤새도록 날이 밝기를 기다리는 하피즈.

(시인 된 자 그저 모든 것들을 열거하기만 하면 그것으로 노래가 되는, 노래할 것이 없는 그러한 때에 나는 태어났으면 한다. 나의 찬탄은 차례로 사물들 하나하나에 내리어 찬송이 나의 찬탄을 증거했을 것이다. 그것이면 충분한 이유가 될 수 있었을 것을.)

*

나타나엘이여, 우리들은 아직도 함께 나뭇잎들을 바라본 적이 없지. 나뭇잎의 모든 곡선들을……

나무의 잎들. 사방으로 출입구가 뚫린 녹색의 동굴. 한들바람에도 자리를 바꾸는 밑바탕. 종속(從屬). 형상의 소용돌이. 갈가리 찢어진 벽면. 가지들의 탄력적인 틀. 둥그스름한 기복. 미세한 엽층(葉

層)과 작은 구멍들.

제멋대로 흔들리는 가지들…… 잔가지들의 제각기 다른 탄력성
이 바람에 대한 다른 저항력을 일으키고, 그것은 또 바람이 가지들
에게 일으키는 반발을 가지각색으로 만들기 때문이다…… 등등 ―
화제를 바꾸자 ― 무슨 이야기를 할까? ― 애당초 아무런 구성의
의도가 없는 것이니까 선택도 여기서는 필요가 없을 것이다. 무엇
에나 얽매임이 없어야 한다! 나타나엘이여, 얽매이지 말아야 하느
니라!

……그리하여, 모든 감각을 느닷없이 '동시'에 긴장시켜 (이야기하
기는 어렵지만) 생명감 자체를 외계와 완전히 접촉한 집중된 감각으
로 만들 것…… (또는 그 반대도 무방하다) 나는 거기 있다. 거기서 그
구멍을 차지하고 있다. 쑥 들어간다.

나의 귀에 ― 끊임없는 물 소리. 소나무들 사이로 지나가는 바람
의 커졌다 잔잔해졌다 하는 소리. 끊겼다 들려오곤 하는 메뚜기 소
리 등등.

나의 눈에 ― 시냇물 속에 반사하는 햇빛. 소나무들의 너울거
림…… (저것 봐, 다람쥐가 한 마리……) 이끼 속에 구멍을 파고 있는 나
의 발……

나의 살에 ― 이 축축한 '느낌', 이끼의 부드러움, (아아! 어느 나뭇
가지가 나를 찌르는가……) 내 손에 집힌 내 이마, 내 이마 위의 내 손의
감촉……

나의 코에 ─ …… (쉬! 다람쥐가 다가온다) 따위.

그리하여 그 모든 것이 '함께' 한데 뭉쳐서……

그것이 생(生)이다 ─ 그것뿐일까? ─ 아니다! 언제나 '또 다른' 것들이 있다. 그래, 그대는 내가 감각의 집합소에 지나지 않는다고 생각하는가? ─ 나의 생은 언제나 **그것** 더하기 나 자신이다 ─ '나 자신'에 관한 이야기도 이 다음에 기회 있는 대로 한번 해주마. 오늘은 그대에게 이야기하지 않으련다.

정신의 여러 가지 형태의

롱드도

또

가장 좋은 벗들의

롱드도

그리고

모든 해후의

발라드도

말하지 않으리라.

그런데 이 발라드에는 이런 구절이 있었다.

코모에도, 레코에도 포도가 무르익고 있었다. 나는 고성(古城)들이 쓰러져가고 있는 높다란 언덕으로 올라갔다.

거기서는 포도가 너무도 달콤한 냄새를 풍겨서 귀찮을 지경이었다. 그 냄새는 맛처럼 콧구멍 깊숙이 스며들어 그 뒤에는 먹어봐도 이렇다 할 새로운 맛이 나질 않았다. 그러나 나는 하도 굶주리고 목말랐기에 몇몇 송이만으로도 충분히 도취할 수 있었다.

……그러나 그 발라드에서 나는 특히 남자들과 여자들의 이야기를 하였다. 지금 그것을 그대에게 말하려 하지 않는 까닭은, 이 책에는 인물을 등장시키고 싶지 않기 때문이다. 그대도 알아차렸겠지만 이 책에는 '아무도' 등장하지 않으니까. 나 자신도 이 책에서는 환영에 지나지 않는다. 나타나엘이여, 나는 저 탑지기 린세우스와도 같다.

너무도 오랫동안 밤은 계속되었다. 탑 위에서, 새벽들이여, 나는 그토록 너희들을 불렀다. 아무리 밝아도 눈부시도록 지나치게 밝지는 아니한 새벽들이여!

나는 밤이 끝나기까지 새로운 빛의 희망을 품고 있다. 어느 쪽에서 동이 틀 것인가 나는 알고 있다.

그렇다. 많은 사람들이 채비를 하고 있다. 탑 꼭대기까지 거리의 소음이 들려온다. 해는 떠오를 것이다. 환호 속에 들끓는 군중이 벌써 태양을 향하여 전진하고 있다.

밤은 어떻게 되었는가? 밤은 어떻게 되었는가, 파수꾼이여?

한 세대가 올라오고, 한 세대가 내려가는 것이 보인다. 무장을, 생의 환호로 든든히 무장을 하고 올라오고 있는 거대한 세대를 나는

158

본다.

탑 위에서 무엇이 보이는가, 무엇이 보이는가, 나의 형제 린세우스여?

오호라! 오호라! 다른 예언자는 우는 대로 내버려두라. 밤이 오지만 또 낮도 오는 것.

그들의 밤이 오고 또한 우리들의 낮이 온다. 자고 싶은 자는 자라. 린세우스여! 이제는 탑에서 내려오려무나. 태양이 떠오른다. 벌판으로 내려오라. 모든 것들을 가까이 보라. 린세우스여, 오라, 가까이 오라. 이제 날이 밝았다. 우리는 낮을 믿는다.

7장

아민타스, 살색이야 검은들 어떠리.

— 비르질

항해*(1895년 2월)*

마르세유 출범.

열풍(烈風). 쾌청. 철 이른 훈기. 늠실거리는 돛대들.

흰 새털처럼 물거품 이는 호기스러운 바다. 물결에 희롱당하는 배. 무엇보다 영광스런 인상. 과거의 모든 출발의 회상.

항해

새벽을 기다리기 몇 번이었던가⋯⋯

절망의 해상에서⋯⋯

그리고 새벽이 찾아오는 것을 나는 보았건만, 바다는 그래도 잔잔해지지 않았다. 관자놀이에 흐르는 땀. 무기력. 자포자기.

해상의 밤

걷잡을 수 없는 풍랑. 갑판 위로 끼얹는 물결. 추진기의 구르는 듯
한 진동……

오! 흐르는 진땀!

터질 듯한 머리 밑의 베개……

오늘 저녁 갑판에 비친 달은 찬연한 만월이었다 — 그런데 나는
갑판에 있지 못하여 그것을 볼 수 없었다.

파도를 기다리고 있노라면 — 집채 같은 물이 갑자기 부딪쳐 부
서지는 소리. 숨막힘. 떠올랐다가 다시 떨어지고 — 자아의 무력함.
여기 있는 나는 무엇인가? 병마개 — 파도 위에 떠 있는 하잘것없는
병마개일 뿐.

파도의 망각 속에 몸을 내맡기다. 체념의 쾌감. 한 물체처럼 존재
하는 것.

밤이 끝날 무렵

아직도 너무 싸늘한 새벽, 물통으로 퍼올리는 물로 갑판을 닦는
다 — 나의 선실까지 판장을 닦는 거친 브러시 소리가 들려온다. 거
창한 충격 — 나는 선실의 창문을 열어보려 했다. 이마와 땀에 젖은

관자놀이에 들이치는 너무나 강한 바닷바람. 나는 다시 창문을 닫으려 했다. 침대. 거기에 쓰러져버린다. 아아! 항구에 도착하기 전의 이 모든 지긋지긋한 곤두박질. 흰 선실 벽에 어른거리는 빛의 난무. 비좁음.

보는 것에 지쳐버린 나의 눈······

밀짚대로 나는 이 싸늘한 레모네이드를 빤다······

그러다가 새로운 땅 위에서 마치 회복기의 병자처럼 잠을 깨는 것이다 ― 꿈에도 보지 못하였던 것들.

*

아침에 바닷가에서 잠을 깬다,
밤새도록 파도에 흔들리고 나서.

알제리

언덕들이 와서 쉬고 있는 고원지대.
날마다 낮이 숨죽어가는 석양.
배들이 밀려드는 바닷가.

우리들의 사랑이 잠자러 오는 밤……

밤은 넓은 항만처럼 우리들에게로 오리라.

낮의 지친 상념도, 광선도, 우울한 새들도,

거기에 와서 쉬리라.

모든 그늘들 고요해지는 총림 속……

목장의 잔잔한 물, 풀 우거진 샘.

……그리고 기나긴 여행에서 돌아오는 길.

잔잔한 해변 — 항내(港內)의 배들.

우리들은 보리라, 가라앉은 물결 위에

방랑하던 닻을 내린 매인 배가 잠들어 있는 것을.

우리들에게로 온 밤이

정적과 우정의 넓은 항만을 펼쳐놓는 것을.

바야흐로 모든 것이 잠드는 시각이다.

1895년 3월

블리다여! 사엘의 꽃이여! 겨울에는 멋없고 시들은 너였지만, 봄에 보는 너는 아름다웠다. 비 내리는 어떤 날 아침이었다. 무관심하며, 부드럽고도 서글픈 하늘. 그리고 너의 꽃핀 나무들의 향기가 긴 길 위에 감돌고 있었다. 고요한 너의 수반 위에 솟는 분수. 멀리 병영의 나팔 소리.

여기 또 하나 다른 정원이 있다. 감람나무들 밑에 흰 회교사원이 희미하게 빛나고 있는 버림받은 숲 — 성스러운 숲! 오늘 아침 한없이 피로한 나의 상념과 사랑의 불안으로 맥이 빠진 나의 육체가 이곳으로 쉬러 온다. 덩굴나무들이여, 지난해에 너희들을 보았던 나는 너희들이 이렇게 황홀하게 꽃피울 줄은 생각도 못 했다. 가지들 사이에 너울거리는 등나무꽃, 기울어진 향로 같은 포도송이, 길에 깔린 금빛 모래 위로 떨어지는 꽃잎들, 물 소리, 축축한 소리, 수반 위에 찰랑대는 잔물결, 거대한 감람나무, 하얀 스피레, 라일락 우거진 총림, 가시덤불, 장미 숲. 이곳에 홀로 와서 겨울을 회상하고 있노라면, 하도 노곤하게 느껴져서 봄도 놀랍지 않게 여겨진다. 그리고 좀 더 근엄한 그 무엇을 바라는 마음까지 일어난다. 왜냐하면, 아! 그토록 아늑한 아름다움이 고독한 자를 부르고 미소하며, 욕망들을 인기척 없는 길 위로 지나가는 교태의 행렬처럼 벌려놓을 뿐이기 때문이다. 그리고 이 너무나도 고요한 수반 속에 살랑거리는 물 소리 끊이지 않아도, 사방의 주의 깊은 정적은 이 자리에 없는 것들을 알려주고 있다.

*

나는 나의 눈꺼풀을 시원하게 적시러 갈 샘터를 알고 있다.

성스러운 숲, 나는 그 길을 알고 있다.

그곳 나뭇잎들을, 그 임간지(林間地)의 서늘함을.

나는 가리라. 저녁녘에, 모든 것들이 거기서 침묵을 지켜줄 때

그리고 벌써 미풍의 애무가

우리들을 사랑보다도 잠으로 이끌어줄 때.

밤이 포근히 내려 덮일 싸늘한 샘.

이윽고 아침이 훤하게 떨며 거기 비치게 될 얼음 같은 물. 순결의 샘.

내가 그곳으로 나의 뜨거운 눈꺼풀을 씻으러 가서 새벽빛 나타

날 무렵에

아직도 놀라움을 가지고

광명과 사물을 보던 그때의 맛을

나는 여명 속에 다시 찾게 될 것이 아니겠는가?

나타나엘에게 보내는 편지

이처럼 빛을 마음껏 마시는 것, 그리고 이 끊임없는 더위가 일으키는 육감적 황홀감이 나중에는 어떻게 될 것인지, 나타나엘이여, 그대는 상상도 못 하리라. 하늘로 뻗은 한줄기 감람나무 가지. 언덕들 위에 드리운 하늘. 어느 카페 문으로 흘러나오는 피리 소리……알제리가 너무나 덥고 향연으로 가득 차 있어서 나는 사흘쯤 그곳을 떠나려 했다. 그러나 피신해간 블리다에서도 내가 본 것은 꽃이 만발한 오렌지나무들이었다.

나는 아침부터 밖으로 나가서 산보를 한다. 애써 들여다보지 않아도 안 보이는 것이 없다. 신기로운 심포니가 형성되어 나의 마음

속에는 들어보지 못한 감각들이 엮어진다. 시간이 지나간다. 태양이 중천에서 수직으로 내리쬐지 않을 때에는 걸음이 느리게 되는 것처럼, 나의 감동도 늦춰진다. 이윽고 나는 사람이건 사물이건 내가 열중할 수 있는 것을 선택한다 — 그러나 되도록 움직이는 것으로 정한다. 왜냐하면 나의 감동은 고정되어버리면 곧 생기를 잃어버리기 때문이다. 그럴 때면 나는 새로운 순간마다 아직 아무것도 보지도 못하고 맛보지도 못한 것 같다는 생각이 든다. 나는 걷잡을 수 없는 것들을 마구 쫓아다니느라고 열중한다.

어제 나는 태양을 좀 더 보기 위해서 블리다를 부감(俯瞰)하는 언덕 위로 달려갔다. 태양이 떨어져가는 것이며 타는 듯한 구름이 흰 테라스들을 물들이는 것을 보고 싶었던 것이다. 나는 또한 나무들 밑의 암영과 정적을 포착하기도 하고 달빛을 받으며 거닐기도 한다.

흔히 나는 헤엄을 치고 있는 것같이 느껴진다. 그토록 휘황하고 훈훈한 대기가 나를 둘러싸서 슬며시 쳐들어올리는 것만 같다.

……내가 걷고 있는 길이 '나의' 길이며 나는 그것을 옳게 걷고 있다고 생각한다. 나는 드넓은 자신의 습관을 간직하고 있다. 그것이 선서된 것이라면 아마 신앙이라고 부를 수도 있을 것이다.

비스크라

여자들이 문 뒤에서 기다리고 있었다. 그 뒤로 곧은 층계가 뻗어 오르고 있었다. 여자들은 우상처럼 분칠을 하고, 금화를 꿰어서 만든 관을 쓰고, 거기 문간에 점잖게 앉아 있는 것이다. 밤이면 그 거리는 활기를 띠었다. 층계 위에는 등불이 켜져 있었다. 여자들은 제각기 층계를 따라 내리비치는 빛의 감실(龕室) 속에 앉아 있었다. 얼굴들은 금빛으로 번쩍거리는 관 밑에서 어둠에 잠겨 있다. 어느 여자나 모두 나를, 특히 나를 기다리고 있는 듯하였다. 계단을 올라가려면 그 관에 금화 하나를 덧붙여야 한다. 지나치면서 창녀는 등잔불을 끈다. 그러고는 그녀의 좁은 방으로 들어가게 된다. 조그만 잔으로 커피를 마시고 나서 나지막한 소파 위에서 간음죄를 범하게 마련이었다.

*

비스크라의 정원들

아트망이여, 너는 나에게 편지를 써 보냈다.

당신을 기다리는 야자수 밑에서 나는 양 떼를 지키고 있었습니다. 다시 와주세요! 봄이 나뭇가지들 사이에 와 있을 것입니다. 같이 산보를 합시다.

그러면 모든 시름을 잊어버리게 될 것입니다……

아트망이여, 야자수 밑에 가서 양 떼를 지키며 나를 기다리고 봄이 오지 않는가 살펴볼 필요는 이제 없다. 나는 왔다. 봄은 나뭇가지들 사이에 나타났다. 우리는 같이 산보하고 있으며 시름도 다 잊어버렸다.

비스크라의 정원들

오늘은 회색 하늘. 미모사가 향기를 풍기고…… 축축한 온기. 두
툼하고 큼직하기도 한 공중에 떠돌며 맺히는 것 같은 빗방울……
나뭇잎에 머물러 지그시 내리누르다가 갑자기 떨어지는 것이다.

……어느 여름철에 내리던 비가 생각난다 ― 그러나 그것도 비였
을까? 종려수 우거져 초록빛, 장밋빛으로 아롱진 그 정원 위에 그렇
게 큼직하고 무겁게 떨어지던 미지근한 물방울. 너무도 무겁게 쏟
아져서 잎이며 꽃이며 가지들이 마치 사랑의 선물로 바쳐진 화환
이 풀어져 수북이 물 위에 흩어지기나 하듯, 사방으로 휘날리며 떨
어졌다. 먼 곳으로 번식시키기 위하여 시냇물들이 꽃가루를 실어갔
다. 그 물은 노랗게 흐려져 있었다. 못 속의 물고기들은 가슴이 벅찬
듯 허덕이고, 잉어들이 수면으로 떠올라 입을 열고 벌떡거리는 소
리가 들렸다.

비 내리기 전, 숨막힐 듯 헐떡거리던 남풍이 땅 속 깊이 뜨거운 김
을 불어넣었다. 그리하여 이제 길에는 나뭇가지 밑으로 수증기가
가득히 피어오르고 있었다.

미모사들은 잔치가 벌어지고 있는 벤치를 가려주듯이 가지를 늘
어뜨리고 있었다.

그것은 향락의 정원이었다. 모직물을 입은 남자들, 줄무늬 하이
크를 입은 여자들이 습기가 몸에 배어들기를 기다리고 있었다. 그
들은 여전히 벤치에 앉아 있었으나 모든 목소리는 잠잠해지고, 누
구나 소나기 소리에 귀를 기울이면서 한여름에 지나가는 빗물이 옷

을 무겁게 적셔주고 육체를 씻어주는 대로 내맡기고 있었다.

축축한 공기 속의 습기와 나뭇잎의 묵직한 것이 하도 흐뭇하여, 나도 사랑을 거역하지 못하고 그들 곁에서 벤치 위에 앉아 있었다.

그리고 비가 그친 뒤에 가지들만이 번들거릴 때, 사람들은 저마다 구두며 샌들을 벗고 그 부드러운 촉감의 쾌감을 맛보며 젖은 땅을 맨발로 밟아보는 것이었다.

*

아무도 산보하지 않는 정원으로 들어간다. 흰 모직 옷을 입은 두소년이 안내를 해준다. 매우 기다란 정원으로, 끝까지 들어가면 문이 열려 있다. 더욱 큰 나무들. 더욱 낮은 하늘이 나무들 위에 걸려있다 — 담장 — 마을들이 모두 비를 맞고 있다 — 그리고 저 멀리 보이는 산들. 시내를 이뤄 흐르는 물. 나무들의 자양. 엄숙하고도 압도적인 번식. 떠도는 향기.

뒤덮인 시내. 운하(잎이며 꽃들이 뒤섞여 있다). 물이 느리게 흐르기 때문에 '세기아스'라고 불리는 운하이다.

위험한 매력을 지닌 가프사의 못 — 'Nocet cantantibus umbra(밤은 연인들에게는 위험한 것)' — 밤은 지금 구름도 없이 깊고 거의 안개조차 없다.

(아라비아인의 풍습대로 흰 모직 옷을 입고 있던 매우 어여쁜 소년의 이름은 그리운 님이란 뜻의 '아주스'라 하고, 또 다른 소년의 이름은 '우아르디'라

172

고 하는데 그것은 장미의 계절에 태어났다는 뜻이다.)

그리고 우리들의 입술을 적신
공기처럼 훈훈한 물……

달이 떠올라 은빛으로 반짝이게 하기까지는 — 어둠 속에 잠겨
구별조차 할 수 없던 컴컴한 물. 그것은 나뭇잎들 사이에서 생겨나
는 듯하였고, 밤 짐승들이 그곳에서 움찔거리고 있었다.

*

비스크라(아침에)
새벽부터 밖으로 나가자 — 솟구치자 — 전혀 새로워진 공기 속
으로. 협죽도의 가지가 몸서리치는 아침 속에 떨고 있으리라.

비스크라(저녁에)
그 나무에는 지저귀며 노래하는 새들이 있었다. 아아! 새들이 그
렇게 노래할 수 있으리라고는 생각도 할 수 없으리만큼 우렁차게
노래하고 있었다. 나무 자체가 소리를 지르는 것 같았다 — 나뭇잎
전부를 울려 소리를 지르고 있는 것 같았다 — 왜냐하면 새들은 보

이지 않았기 때문이다.

　나는 이렇게 생각했다. 저 새들이 저러다간 죽고 말 것이다. 너무나 극성스러운 열정이다. 도대체 오늘 저녁에는 무슨 일이 있는 것일까? 밤이 지나가면 새로운 아침이 태어난다는 것을 저 새들은 모른단 말인가? 영구히 잠들어버리게 될까 봐 겁이 난단 말인가? 하루 저녁에 기력이 다하도록 사랑을 즐기자는 것인가? 마치 앞으로는 끝없는 밤 속에서 살아야 된다는 것처럼.

　늦은 봄의 짧은 밤! 아아! 여름철의 새벽이 그들을 깨워줄 때의 그 즐거움. 그리고 하도 즐거워 다시 저녁이 되었을 때, 잠 속으로 죽어간다는 것에 겁이 좀 덜 나는 것 외에는 수면의 기억이 그들에겐 남지 않게 될 것이다.

비스크라(밤에)

　고요한 덤불, 그러나 주위의 사막은 메뚜기들이 부르는 사랑의 노래로 떨고 있었다.

셰트마

　낮이 길어진다. 거기에 눕자. 무화과나무의 잎들이 더욱 커졌다. 손으로 비비면 손이 향기로워진다. 줄기에서는 젖이 눈물처럼 흐른다.

더위가 다시 심해진다아! 아! 저기 나의 염소 떼가 몰려온다. 귀여운 목동의 피리 소리가 들린다. 나에게로 오려는가? 그렇지 않으면 내가 가까이 갈까?

시간의 느린 걸음. 말라버린 작년의 석류 열매가 아직도 가지에 매달려 있다. 완전히 터져서 굳어버렸다. 바로 같은 자리에 벌써 새로운 꽃망울이 부풀어오르고 있다. 산비둘기가 종려나무 사이로 지나간다. 꿀벌들이 목장에서 분주히 날아다니고 있다.

(랑피다 근방에 아름다운 여자들이 내려가던 우물이 있었던 것을 나는 기억하고 있다. 거기서 얼마 멀지 않은 곳에 회색과 장미색으로 얼룩진 커다란 바위가 있다. 그 꼭대기에는 꿀벌들이 찾아온다고 하더니 정말 무수한 꿀벌들이 윙윙거리고 있었다. 벌집들은 바위 속에 있다. 여름이 되면 더위로 터져버린 밀랍으로부터 꿀이 새어 바위를 따라 흘러내린다. 랑피다 사람들이 그것을 받아 온다.) 목동이여, 오라! (나는 무화과나무 잎을 씹고 있다.)

여름! 녹아내리는 황금. 풍만. 더욱 짙어진 찬란한 빛. 드넓은 사랑의 범람! 꿀을 맛보려는 자 누구인가? 밀랍 벌집이 녹아내리고 있다.

그리고 그날 내가 본 것으로 가장 아름다웠던 것은, 우리가 데리고 돌아가던 양 떼였다. 양들의 작은 발들이 종종걸음으로 쏟아지는 소나기 같은 소리를 들려주었다. 태양이 사막에 떨어져가고 양들은 먼지를 일으키며 달려갔다.

오아시스! 그것들은 사막 위에 섬들처럼 떠 있었다. 멀리서부터 푸른 야자수가 필경 그 뿌리가 물을 빨아들이는 샘이 있을 것을 약속해주고 있었다. 때로는 샘물이 풍부하여 협죽도들이 우거져 있었다.

그날 10시경 우리들이 거기에 도착하였을 때, 처음에는 더 멀리 가기를 나는 원하지 않았다. 그 동산의 꽃들이 너무 아름다워 그것들을 떠나고 싶지 않았던 것이다. 오아시스! (아메는 다음 것은 더 아름답다고 나에게 말하였다.)

*

오아시스. 다음 것은 훨씬 더 아름다웠다. 더 많은 꽃들이 있고, 살랑거리는 나뭇잎 소리가 더 많이 들렸다. 더 큰 나무들이 더 풍부한 물 위에 늘어져 있었다. 정오였다. 우리들은 목욕을 하였다.

그러고는 다시 그곳도 떠나지 않으면 아니 되었다.

*

오아시스! 또 그다음 것에 관해서는 무어라고 말할까? 그것은 더한층 아름다웠고 우리들은 거기서 저녁을 기다렸다.

동산이여! 나는 그래도 되풀이하여 말하리라, 저녁이 되기 전의 너희들의 그 아늑한 정밀(靜謐)이 어떠한 것이었던가를. 동산! 거기에 있으면 몸이 씻겨지는 것처럼 생각되는 동산들이 있었다. 살구가 익어가고 있는 단조로운 과수원에 지나지 않는 것 같은 동산들도 있었다. 또 어떤 것들에는 꽃과 꿀벌들이 가득히 차 있고 그곳에 감돌고 있는 향기가 하도 강하여 마치 무슨 음식을 먹는 것 같았으며 리큐어처럼 우리들을 만취하게 하는 것이었다.

　이튿날이 되자 나는 벌써 오직 사막만을 사랑하게 되었다.

우마크

　그 오아시스는 바위와 모래로 둘러싸여 있었다. 정오에 들어갔건만 하도 뜨거운 염열(炎熱)에 지쳐빠진 마을은 우리들을 기다리고 있는 것 같지도 않았다. 종려나무들은 흔들리는 기색도 없었다. 노인들이 문간에서 이야기들을 하고 있었다. 남자들은 꾸벅꾸벅 졸고 있었다. 어린아이들은 학교에서 재잘거리고 있었다. 여자들은 보이지 않았다.

　흙으로 된 그 마을의 거리들, 낮에는 장밋빛, 저녁에는 보랏빛. 대낮에는 인기척이 없어도 저녁이 되면 활기를 띠게 되리라. 그러면 카페에는 사람들이 모여들고, 어린아이들은 학교에서 돌아오고, 노인들은 또 문간에서 이야기를 하고, 햇볕은 누그러지고, 베일을 벗고 꽃처럼 테라스 위에 나타난 여인들은 장황하게 서로의 시름을 이야기할 것이다.

　정오가 되면 그 알제리의 거리에는 회향주(茴香酒)와 압상트 냄새가 풍긴다. 무어인이 경영하는 비스크라의 카페에서는 손님들이 커피나 레모네이드, 또는 차(茶)밖에 마시지 않았다. 아라비아 차. 후추 양념을 넣은 단맛. 생강. 더욱 과격하고 더 극단의 동양을 연상 시키는 음료 — 맛이 없다. 잔 밑바닥까지 들이켜기란 도저히 불가 능하다.

투구르의 광장에는 향료 상인들이 있었다. 우리들은 그들에게서 여러 가지 나무 진을 샀다. 어떤 것은 냄새를 맡았고 어떤 것은 씹어 먹었다. 또 어떤 것들은 태우는 것이다. 태우는 것들은 모양이 환약 같은 것들이었다. 불을 댕기면 매운 연기를 자욱이 퍼뜨리는 것인 데, 거기에는 지극히 미묘한 향기가 섞여 있었다. 그 연기는 종교적 황홀감을 자아내는 데 도움이 되는 것으로, 회교사원에서 예식 때 피우는 것이 그것이다. 씹어서 맛을 보려 하자 곧 입 속에 쓴맛을 가 득 채우고 불쾌하게 이빨에 달라붙었다. 뱉어버리고 나서 퍽 오랜 시간이 지난 뒤에도 그 맛이 가시지 않았다. 냄새를 맡는 것은 그저 냄새를 풍길 뿐이었다.

테마신의 회교도 은자(隱者)의 집에서 식사가 끝난 뒤에 향료가 든 과자를 대접받았다. 금빛의, 잿빛의, 또는 장밋빛의 나뭇잎으로 장식된 그 과자는 빵 부스러기를 반죽하여 만든 것 같았다. 입 속에 서 모래처럼 부스러졌다. 그러나 노상 맛이 없는 것도 아니었다. 장 미 냄새가 나는 것도 있고 석류 냄새가 나는 것도 있고 또 아주 김이 빠져버린 것 같은 것도 있었다.

그런 식사를 할 때는 담배라도 자꾸 피우지 않고서는 도취감을 맛볼 수가 없었다. 엄청나게 가짓수가 많은 요리들이 접시에 담겨 돌아가는 것이었는데, 접시가 바뀔 때마다 화제도 달라졌다.

그것이 끝나면 흑인 하나가 병을 기울여 손가락에 향수를 부어주었다.

향수는 대야 속으로 떨어졌다. 그리고 그곳에서는 사랑의 교섭이 끝난 뒤에 여자들이 역시 그렇게 남자를 씻어주는 것이다.

투구르

광장에 야숙하고 있는 아라비아인들. 화톳불. 저녁 하늘에 거의 보이지 않는 연기.

대상(隊商)! 저녁에 도착한 대상. 아침에 출발한 대상. 지긋지긋하게 피로하고 신기루에 취하여 이제 절망을 맛보는 대상 — 대상이여, 왜 나는 너희들과 함께 떠날 수 없는가!

백단(白檀)과 진주, 바그다드의 꿀 과자, 상아와 자수(刺繡)를 찾아 동방으로 향하여 떠나가는 대상들이 있었다.

호박(琥珀)과 사향(麝香), 금가루, 타조의 깃을 찾아 남방으로 떠나가는 대상들도 있었다.

서방을 향해 저녁에 출발하여 뉘엿뉘엿 숨겨가는 석양 속에 자취를 감춘 대상들도 있었다.

나는 대상들이 기진맥진하여 돌아오는 것을 보았다. 낙타들이 광장 위에 웅크리는 것이었다. 이제야 짐이 내려졌다. 두꺼운 헝겊으로 만든 고리짝들이었는데 속에는 무엇이 들어 있는지 알 수 없었다. 또 어떤 낙타들은 가마같이 생긴 것 속에 몸을 감춘 여자들을 싣고 있었다. 또 다른 낙타들은 천막 재료를 운반하고 있었다. 밤에 대비하여 그것들이 펼쳐졌다 — 오오, 끝없는 사막 속의 호화롭고 거창한 피로! — 저녁식사를 위하여 광장 위에 불들이 피어오르고 있었다.

*

아아, 얼마나 여러 번 이른 새벽부터 일어나, 영광보다도 더 찬란한 빛 가득히 퍼져 붉게 물든 동방을 향하여 — 얼마나 여러 번 오아시스 끝에서 생명이 이제는 사막을 이겨내지 못하여 마지막 야자수들도 기운을 잃고 있는 그곳에서 — 벌써 너무나 찬란하여 눈으로 바라볼 수 없는 그 빛의 근원으로 몸을 기울이듯하며 빛발 넘쳐흐르는 벌판이여, 타는 듯한 염열에 휩쓸린 벌판이여, 나는 너에게로 나의 욕망들을 떠밀었던가? ……사막의 열화(熱火)도 능히 이겨낼 만한 그 열광적인 황홀감, 얼마나 억세고 얼마나 뜨거운 사랑이었던가!

지독한 땅. 호의도 온정도 없는 땅. 열정과 열광의 땅. 예언자들의 사랑을 받은 땅 — 아아! 고된 사막, 영광의 사막이여, 나는 너를 열렬히 사랑하였다.

신기루 어른거리는 함호(鹹湖) 위에 흰 소금발이 깔려 수면같이 보이는 것을 나는 보았다 — 거기에 쪽빛 하늘이 반영된다는 것은 알 수 있는 일이지만 — 바다처럼 푸른 함호 — 그러나 우거진 골풀, 그리고 좀 더 가면 무너져가는 편암석(片岩石)의 절벽은 무슨 까닭이며 — 둥실거리는 배들의 모습, 그리고 멀리 궁전의 모습은 무슨 까닭인가? — 일그러진 모양으로 그 가공의 깊은 물 위에 걸려 있는 그 모든 것들(함호 기슭에 풍기는 냄새는 구역질이 날 지경이었다. 그것은 소금이 섞여 타는 듯이 지긋지긋한 진흙 바탕이었다).

나는 보았다. 비스듬한 아침 햇살을 받아 아마르 카두의 산들이 장밋빛을 띠어 마치 타고 있는 무슨 물질 같은 것이 되는 것을.

나는 보았다. 바람이 저 멀리 지평선 끝에서 모래를 불러일으켜 오아시스를 허덕이게 하는 것을. 오아시스는 폭풍우에 휩쓸린 배와도 같았다. 폭풍으로 쓰러질 듯했다. 그리고 작은 마을의 거리거리에서는 벌거벗은 파리한 남자들이 열병의 지독한 갈증에 못 이겨 몸을 뒤틀고 있었다.

나는 보았다. 황폐한 길가에 너저분한 낙타의 해골들이 하얗게 되는 것을. 너무나 지쳐빠져 더 걸을 수 없어 대상이 버리고 간 낙타, 처음에는 파리 떼에 뒤덮이고 지긋지긋한 악취를 퍼뜨리며 썩고 있던 낙타들.

나는 보았다. 노래라고는 곤충들의 날카로운 울음소리밖에 들려주지 않는 밤들을.

— 나는 좀 더 사막 이야기를 하고 싶다.

알파카 무성하여 구렁이 득실거리는 사막. 바람에 물결치는 푸른 벌판.

돌멩이의 사막. 불모(不毛). 편암(片岩)이 반짝인다. 얼룩 고양이가 난다. 골풀이 마르고 있다. 모든 것이 햇볕에 달아 톡톡 튀고 있다.

진흙의 사막. 약간의 물이 흐르기만 한다면 여기서는 모든 것이 살 수 있으리라. 비가 오면 곧 모든 것이 푸르러진다. 너무나 말라버린 땅이 웃음을 잊어버린 듯하지만, 거기서는 풀이 다른 곳보다 더 부드럽고 더 향기로워 보인다. 씨를 맺기 전에 태양이 시들어버리게 하지나 않을까 두려워하여 이곳의 풀은 또 서둘러 꽃을 피우고 향기를 뿌린다. 황급한 사랑일 수밖에 없다. 태양이 다시 오면 땅은 터지고 부스러져 사방으로 물이 빠져 나간다. 무참하게 갈라진 땅. 큰 비가 내릴 때면 물은 모두 계곡으로 달아나버린다. 조롱당하고 간직할 힘을 못 가진 땅. 절망적으로 고갈에 시달리는 땅.

모래의 사막 — 바다의 물결처럼 굽이치는 모래. 끊임없이 자리를 바꾸는 모래 언덕. 피라미드 같은 모래 언덕들이 이곳저곳 흩어져 있어 대상들을 인도해준다. 어느 한 언덕 위에 올라가서 바라보면 지평선 끝에 다른 언덕 꼭대기가 나타난다.

바람이 불면 대상은 행진을 멈춘다. 낙타 몰이꾼은 낙타 밑으로 기어든다.

*

모래의 사막. 거부된 생명. 거기에는 꿈틀거리는 바람과 더위밖에 없다. 모래는 그늘 속에서 빌로드처럼 보드라워지고, 저녁에는 불에 타오르고 아침에는 재와 같아진다. 언덕과 언덕 사이에는 하얀 골짜기가 있다. 우리는 그곳을 말을 타고 건넜다. 모래가 우리들의 발자취를 덮어버렸다. 피로가 심하여 새로이 언덕이 나타날 때마다 넘을 수 없을 것만 같은 생각이 들었다.

나는 너를 열렬히 사랑하였으리라, 모래의 사막이여. 아아! 너의 가장 작은 모래알일지라도 그저 그곳에서 우주의 전체를 이야기해주기를! ― 무슨 생애를 추억하는가, 모래알이여? ― 무슨 사랑에서 부스러졌는가? ― 모래도 찬양받기를 원한다.

내 넋이여, 모래 위에서 너는 무엇을 보았던가?
백골이 되어버린 뼈들 ― 빈 조가비들……
어느 날 아침, 태양을 가리어줄 수 있을 만큼 높직한 언덕 기슭에 당도하였다. 우리들은 그곳에 앉았다. 그늘은 거의 서늘한 정도였고, 골풀이 섬세하게 자라고 있었다.

그러나 밤, 밤에 관해서는 무어라고 말할 수 있을까?

그것은 느린 배를 타고 가는 항해와도 같다.

바다의 물결은 사막보다 푸르지 못하다.

사막은 하늘보다도 더 밝았다

— 별 하나하나가 모두 유난히 아름답게 보이던 그러한 밤을 나는 알고 있다.

사막으로 나귀들을 찾으러 갔던 사울이여 — 그대가 찾던 나귀들을 그대는 보지 못하였다 — 그러나 그대가 찾지 아니하던 왕국을 그대는 발견하였다.

자기 몸에 이를 기르는 즐거움.

우리들에게는 생(生)이

야성적이며 급격한 맛이었다.

그리고 나는 바란다,

여기서는 행복이 죽음 위에 피는 꽃과도 같기를.

8장

인광(燐光)을 인(燐)에서 뗄 수 없듯이
우리들의 행위는 우리들과 연결되어 있다.
행위가 우리들에게 찬연한 빛을 주는 것은 사실이지만,
그것은 오직 우리를 태움으로써만 이룰 수 있는 것이다.

나의 정신이여, 너의 꿈같은 산책 중에 너는 비상히 흥분하였다.

오! 나의 마음이여, 나는 너를 흡족하게 적셨다.

나의 육체여, 나는 너를 사랑으로 도취하게 하였다.

지금 휴식에 잠겨 나는 나의 재산을 헤아려보고자 하건만 헛된 노릇이다. 나에게는 재산이 없다.

이따금 나는 과거 속에 한 묶음의 추억을 찾아 그것으로 이야기를 꾸며보려고 하지만 거기 나타나는 나는 이미 내가 아니며 나의 생명은 넘쳐 거기서 새어나간다. 나는 끊임없이 새로운 순간 속에서만 곧장 살게 마련인 것같이 느껴진다. 마음을 가다듬어 명상에 잠긴다는 것은 나에게는 불가능한 구속이다. 나는 이미 '고독'이란 말의 의미를 알 수 없게 되었다. 내 마음속에 홀로 잠겨 있다는 것은 이미 내가 아무도 아닌 것이 된다는 뜻이다. 나는 수많은 분신(分身)으로 갈려 있다. 게다가 나는 도처(到處)에서가 아니면 나의 집에 있는 것 같지가 않다. 그리고 언제나 욕망이 나를 거기서 몰아낸다. 가장 아름다운 추억일지라도 나에게는 행복의 잔해에 지나지 않아 보인다. 아주 조그만 물방울이라도, 그것이 눈물 한 방울일지라도, 나의 손을 적셔주면 곧 나에게는 더 귀중한 현실이 되는 것이다.

*

메날크여! 나는 너를 생각한다.

말하여 다오, 파도의 거품으로 얼룩진 너의 배는 어느 바다로 향하여 달리려는가?

메날크여, 이제 너는 자랑스러이 보물을 싣고, 나의 욕망이 다시금 갈증내는 것을 기뻐하며 나에게로 돌아오지 않을 것인가? 이제는 내가 쉬는 일이 있다 하더라도 그것은 너의 풍성함 속에서가 아니리라…… 아니다 — 너는 나에게 결코 휴식하지 말라고 가르쳐주었다 — 너는 아직도 그 지긋지긋한 방랑 생활에 지쳐버리지 않았는가? 나는 이따금 고통에 못 이겨 부르짖은 적도 있었지만 무엇에도 피로해하지는 아니하였다 — 그리고 나의 육체가 지쳤을 때는 나 자신의 약한 마음을 책한다. 나의 욕망은 내가 좀 더 용감하기를 바란다 — 그렇다, 오늘날 내가 무엇이든 후회한다면 그것은 많은 과일들을, 네가 나에게 내밀어준 과일들, 우리들에게 자양을 주는 사랑의 신(神), 그것들을 내가 깨물어보지도 않고 썩혀 나에게서 멀어져가는 대로 내버려두었다는 사실이다 ─ 복음서 속에서 사람들이 나에게 읽어주던 바에 의하면, 오늘날 갖지 아니한 것은 장차 백 배로 되어 도로 찾게 된다고 했기 때문이었다…… 아아! 나의 욕망이 껴안을 수 있는 것보다 더 많은 재물이 나에게 무슨 소용이 있단 말인가? ─ 왜냐하면 내가 이미 알게 된 쾌락만 하더라도, 조금만 더하였더라면 그것을 맛볼 수는 없게 되었으리만큼 강렬한 것이었기 때문이다.

*

멀리서 들리는 소문에 의하면 내가 속죄하고 있단다.
그러나 참회 같은 것이 내게 무슨 소용이 있단 말인가?
─ 사디

그렇다! 나의 청춘은 참으로 암담한 것이었다.
나는 그것을 후회한다.
나는 맛보지 않았다, 땅의 소금도,
짠맛을 지닌 바다의 소금도.
나는 내가 땅의 소금이라 믿고 있었다.
그리하여 나의 맛을 잃을까 두려워했다.

바다의 소금은 그 맛을 잃지 아니한다. 그러나 나의 입술은 그 맛을 느끼기에는 너무나 늙어버렸다. 아아! 나의 넋이 그것을 갈망하던 때에 왜 나는 바닷바람을 마음껏 들이마시지 아니하였던가? 어느 포도주가 이제 나를 취하게 하기에 족할 것인가?

나타나엘이여, 아아! 그대의 넋이 미소할 때에 그대의 기쁨을 만족시켜라 ─ 그대의 입술이 입 맞추기 알맞게 아름다울 때, 그리고 그대의 포옹이 즐거울 때에 그대의 사랑의 욕망을 만족시켜라.

왜냐하면 그대는 다음과 같이 생각하고 말할 것이기 때문이다. 과일들은 거기에 있었다. 그 무게에 가지는 휘어 이미 지쳤다. 나의 입은 거기에 있었고 욕망으로 가득 찼다. 그러나 나의 입은 닫힌 채로 있었으며, 나의 손은 기도를 위해서 모아져 있었던 까닭에 벌려질 수 없었다. 그리고 나의 영혼과 육신은 절망적으로 목말라 있었다. 시간은 이미 절망적으로 지나가버렸다.

(그것이 정말이란 말인가, 정말이란 말인가, 슐라미트여?

너는 나를 기다리고 있었건만 나는 그것을 알지 못했다!

너는 나를 찾았건만 가까이 오는 네 발소리를 나는 듣지 못했다.)

아아! 청춘 ─ 사람들은 그것을 한때밖에 갖지 못하며 나머지 시간은 오로지 그것을 회상할 뿐.

(쾌락이 나의 문을 두드리고 있었다. 나의 마음속에서는 욕망이 그것에 응답하고 있었다. 그러나 나는 문을 열지도 않고 무릎을 꿇고 있었다.)

흘러 지나가는 물은 앞으로도 수많은 벌판들을 적셔줄 것이고 맑은 입술들이 거기서 갈증을 끄고 있다. 그러나 그 물에 관해서 나는 무엇을 알 수 있을 것인가? ─ 내게 그것은 지나가버리는 서늘한 맛, 그리고 지나가버리고 나면 타는 듯한 갈증이 일어나는 서늘한 맛 외에 무엇이겠는가? ─ 나의 쾌락의 외형들, 너희들은 물처럼 흘러갈 것이다. 만약에 다시 이곳에 물이 흐르게 된다면 영구히 변함없는 서늘한 맛을 가져다주기 위해서이기를. 강물의 끊임없는 서늘한 맛이여, 시냇물의 끝없는 용솟음이여, 너희들은 예전에 내가 손을 담갔던 그 약간의 붙잡힌 물, 쓰고 나면 서늘한 맛이 없어져버리고 마는 그러한 물이 아니다. 붙잡힌 물, 너희들은 인간의 예지와도 같다. 인간의 예지, 너희들은 강물의 끊임없는 서늘한 맛을 갖지 못하였다.

불면

기다림. 기다림. 애타는 열정 지나가버린 젊음의 시간들…… 너희들이 죄악이라고 부르는 모든 것에 대한 불타는 갈증.

개가 달을 향하여 처량하게 짖고 있었다.

고양이는 울부짖는 어린아이 같았다.

도시는 이튿날 모든 새로운 희망을 되찾기를 기대하며 이제야 약간의 고요를 맛보려는 참이었다.

나는 흘러가던 시간들을 회상한다. 돌 바닥을 디디던 맨발. 발코니의 젖은 쇠난간 위에 나는 나의 이마를 기대었다. 달빛을 받아 나의 육체는 무르익어 곧 따야 할 희한한 과일과도 같이 빛나고 있었다. 기다림! 너희들은 우리를 시들게 하고야 말았다…… 지나치게 익어버린 실과들! 우리의 목마름이 너무 괴로워 타는 듯한 갈증을 더 참을 수 없게 되었을 때에야 비로소 우리는 너희들을 깨물었다. 물크러진 과실들! 너희들은 우리의 입을 무슨 독이나 든 것 같은 짐 집한 맛으로 채워주고 우리의 넋을 깊이 어지럽혔다 — 젊었을 적에, 무화과여, 아직도 싱싱한 너희들의 살을 깨물고, 사랑의 향기 풍기는 너희들의 진을 더 기다리지 않고 빨아들이고…… 그리고 나서 길 위로, 우리들이 괴로운 인생의 마지막 나날을 끝마치게 될 길 위로 뛰쳐나간 자들은 행복하여라.

(확실히 나는 나의 넋의 혹독한 소모를 막기 위하여 가능한 한 모든 일을 하였다. 그러나 나는 나의 감각을 소모시킴으로써만 나의 넋을 신에게서 떼어놓을 수 있었다. 나의 넋은 밤낮을 가리지 않고 신만 생각하고 어려운 기도를 드리느라 갖은 애를 쓰며 열심히 자신을 소모하는 것이었다.)

오늘 아침 나는 무슨 무덤에서 빠져 나온 것인가? (바다새들이 날개를 펼치고 목욕하고 있다) 나에게 삶의 이미지란, 아아! 나타나엘이여, 욕망으로 가득 찬 입술 위에서 녹는 한없이 진미로운 과실인 것이다.

잠을 이룰 수 없는 밤들이 있었다.

커다란 기대들이 있었다 ― 흔히 무엇을 기다리는 것인지도 모르는 기대들이 ― 사지는 피로하고 마치 사랑으로 인하여 뒤틀린 듯, 보람 없이 잠을 청하던 침대 위에. 어떤 때는 육체의 쾌락 저편에 더욱 깊이 숨겨진 제2의 쾌락 같은 그 무엇을 찾으려 하기도 하였다.

……나의 갈증은 물을 마심에 따라 시시각각으로 더욱 커갔다. 나중에는 하도 격렬해져서 욕망에 못 이겨 나는 울기라도 하고 싶을 지경이었다.

……나의 감각은 닳다 못해 투명하게 되어버렸다. 그리하여 아침에 거리로 내려갔을 때는 하늘의 쪽빛이 나의 몸에 배어들었다.

……입술 껍질을 벗기며 못 견디게 애를 태우던 이빨들 ― 끝은 모조리 닳아버린 듯하였다. 안으로 빨려들어간 듯 쑥 들어간 관자놀이 ― 꽃핀 마늘밭의 냄새에도 공연히 구토(嘔吐)를 일으킬 지경이었다.

……울부짖으며 목메어 우는 목소리가 밤중에 들려왔다. 목소리
는 울고 있었다.

아아! 이것이 그 고약한 과실이지만 달콤한 것이로구나. 앞으로
나는 나의 욕망의 막연한 시름을 길 위로 끌고 다닐 것이다. 사방을
둘러친 너의 방들 속에서는 숨이 막힌다. 그리고 너의 침대들에 이
제 나는 만족할 수가 없다 — 너의 끝없는 방랑에 이제는 목표를 찾
을 생각을 말라……

우리들의 목마름은 하도 격심해졌기 때문에, 그 물을 나는 살펴
보기도 전에 한 잔 가득히 마셨던 것이다. 아! 그 물은 얼마나 구역
질나는 것이었던가.

……오! 슐라미트여! 나에게, 너는 닫혀 있는 좁은 정원의 그늘
속에 익어 늘어져 있는 열매와도 같았다.

나는 생각하였다. 아아! 온 인류가 수면의 갈망과 쾌락의 갈망 사
이에서 애태우고 있는 것이라고. 그 무시무시한 긴장과 집중된 열
광에 뒤이어 육체의 허탈…… 그러고는 잠잘 것밖에 생각하지 않게
된다 — 수면! 아아! 만약에 새로운 욕망의 몸부림이 생(生)을 향해
다시금 우리를 깨워주지 않는다면야.

그리하여 온 인류는 조금이라도 고통을 덜기 위하여 잠자리 속에
서 전전하는 병자처럼 꿈틀거릴 뿐.

……그러다가 몇 주일 동안 일을 하고 나서는 영원한 휴식 상태로 들어가버린다.

……마치 죽어서도 옷을 입고 있을 수 있을 것처럼! (단순화이다) 그리고 우리들은 죽게 마련이다 — 잠자기 위해서 모든 것을 벗어버리는 사람처럼.

메날크여! 메날크여! 나는 너를 생각한다.

그렇다. 나는 이렇게 말하던 것을 알고 있다, 여기든 — 거기든 — 무슨 상관이 있겠는가? — 우리는 어디서든지 마찬가지로 좋을 것이라고.

……이 무렵 그곳에서는 해가 저물어가고 있었다……

……오! 시간이 거슬러 올라갈 수 있는 것이라면! 그리고 과거가 돌아올 수 있는 것이라면! 그러면 나타나엘이여, 나는 그대를 데리고 가고 싶다. 나의 청춘의 그 사랑의 시절, 생명이 꿀처럼 내 안으로 흘러들던 그 시절로. 그렇게도 많은 행복을 맛본 것으로 넋이 달래질 수 있을 것인가? 왜냐하면 내가 거기, 그 정원에, 다른 사람 아닌 내가 그곳에 있었던 것이다. 나는 그 갈대들의 노래를 듣고 그 꽃들의 향기를 들이마셨다. 나는 그 아이들을 보고 쓰다듬었다 — 그리고 물론 그러한 것들은 모두 새봄이 돌아올 적마다 벌어지는 유희들이기는 하다 — 그러나 그때의 나, 그 타인, 다시 한번 그 사람

이 되어볼 수 있을 것인가? (지금 거리의 지붕들 위에는 비가 내리고 있다. 나의 방 안은 쓸쓸하다) 그곳은 로시프의 양 떼가 돌아오던 바로 그 시각이다. 양들은 산에서 돌아오고 있었다. 석양녘의 사막에는 금빛이 가득 퍼져 있었다. 저녁의 정적…… 지금(이맘때다).

파리(6월의 밤)

아트망이여, 나는 너를 생각한다. 비스크라여, 나는 너의 종려나무들을 생각한다.

투구르여, 너의 모래를…… 오아시스여, 사막의 메마른 바람이 아직도 살랑거리면서 너의 종려나무 가지들을 흔들고 있는가? 더 위에 말라 터진 석류들이여, 너희들은 새콤한 씨를 땅 위에 떨어뜨리고 있는가? 세트마여, 너의 시원하게 흐르는 물과 곁에 가 서면 땀이 나던 너의 더운 샘물을 나는 기억하고 있다. 황금의 다리, 엘 칸타라여, 나는 회상한다. 너의 요란한 아침이며 황홀한 저녁을. 자구앙이여, 나의 눈에는 너의 무화과나무들, 협죽도들이 보인다. 카이루앙이여, 너의 선인장들. 수스여, 너의 감람나무들. 폐허의 도시, 늪으로 둘러싸인 성벽. 우마크여, 나는 너의 황량한 모습을 꿈꾼다. 그리고 독수리들이 나는 처참한 마을, 거센 음성의 골짜기, 침울한 드로여, 너의 황량한 모습을.

드높은 셰가여, 너는 여전히 사막을 굽어보고 있는가? 므레예여, 너는 지금도 함호 속에 너의 가냘픈 버들가지를 잠그고 있는가? 메가린이여, 염수(鹽水)가 여전히 너를 적셔주고 있는가? 테마신이여, 너는 여전히 태양 밑에서 허덕이고 있는가? 랑피다 가까이 메마른 바위가 있던 것을 나는 기억하고 있다. 봄이면 거기서 꿀이 흘러내렸다. 근처에 우물이 있어서 무척 아름다운 여인들이 거의 나체에 가까운 자태로 물을 길러 오는 곳이었다.

아트망의 조그만 집이여, 너는 여전히 그곳에 있는가. 여전히 절반쯤 쓰러진 모습으로, 그리고 지금은 달빛을 받으며 — 거기서 너의 어머니는 피륙을 짜고, 아무르의 아내, 너의 누이는 노래를 하거나 이야기를 하고 있었다. 그리고 산비둘기 새끼들이 밤 속에 나직이 지저귀고 있었다 — 검푸르고 조는 듯한 물가에서.

오! 욕망이여! 나는 얼마나 많은 밤을 잠을 이루지 못하였던가. 그토록 잠 대신에 몽상에 잠겼다! 오! 저녁 무렵, 안개가, 종려 밑의 피리 소리가, 오솔길 깊숙이 흰 옷들이, 뜨거운 빛가에 부드러운 웅달이 있기만 하다면…… 나는 그곳으로 가리라. 흙으로 만든 기름등잔! 밤바람이 불길을 뒤흔든다. 창문도 사라지고 단순한 창틀 속에 나타나는 하늘. 지붕들 위에 고요한 밤. 월광.

인기척 끊어진 길 속으로부터 이따금 마차, 자동차가 한 대씩 굴러가는 소리, 그리고 저 멀리 도시를 버리고 기차가 기적을 울리면서 달아나는 소리가 들려온다. 대도시는 이제 사람들이 잠 깨기를 기다리고 있다…… 방바닥 위에 드리운 발코니의 그림자, 책의 흰 페이지 위에 어른거리는 불길, 숨소리, 달도 이제 자취를 감추었다. 내 앞의 정원은 녹음의 수반 같다…… 흐느낌. 악문 입술. 너무나 큰 확신. 상념의 고뇌. 무어라 말할까? '진실한 것들' — 타인 — '그의' 삶의 중대성. 그에게 이야기할 것……

작품 해설

지드 자신이 불만을 표시할 만큼《지상의 양식》은 지드의 작품 중에서 가장 유명할뿐더러 가장 중요시되고 있다. 그런데 1927년 판 서문에 의하면, 간행 후 10년 간 불과 500부밖에 안 팔렸다고 한다. 그러나 이 책이 그 후 50년 동안 다음 세대에 준 영향은 실로 놀랄 만하다. 그 영향은 미학적인 면에서보다는 도덕적인 면에서 지울 수 없는 깊은 흔적을 남긴다. 가상의 독자인 나타나엘에게 "이제는 내 책을 던져라. 거기서 너 자신을 해방시켜라. 나를 떠나라"고 권했음에도 마르탱 뒤 가르와 몽테를랑에서 카뮈와 사르트르에 이르기까지, 지드 이후의 거의 모든 세대가 이 청춘의 침상(枕上) 애독서에 은밀한 영향을 받고 있음을 우리는 발견할 수 있다.

"나의 책이 이 책 자체보다도 너 자신에게 흥미를 갖도록, 그러고 나서는 너보다도 너 이외의 모든 것에 흥미를 갖도록 너에게 가르쳐주기를" 하고 말했듯이, 이 책은 모든 것에 대한 구애 없는 넓은 관심과 행동의 지평선을 열어주어, 그들로 하여금 풍요하고 다양한 각자의 세계를 발견케 한 청춘의 서(書)이다.

《지상의 양식》은 《성서》나 노자의 《도덕경》처럼 시적 산문 형태로 되어 있으며, 드러나는 사상 역시 그것들과 무관하지 않다. 확실히 두드러지게 열정, 욕망, 본능들의 개방과 '순간'의 충족을 구가하는 이단적인 관능의 도취가 있는가 하면, 충족의 쾌감을 더욱 크게 하는 금욕과 기다림과 주림과 갈증의 찬가들이 있다. 억압과 계율이 아닌 자발성(spontanéité), 무엇에도 얽매이지 않는 자유무애(自由無碍, disponibilité), 방랑과 대상을 가리지 않는 모든 것에 대한 호기심과 열애(熱愛)를 방종에 대한 예찬으로 보아서는 안 된다.

역시 서문에서 말했듯이 그 뒤에는 '헐벗음의 옹호' '헐벗음에 대한 변함없는 충실성'이 그의 넋과 몸을 새처럼 가볍게 비상하도록 떠밀어주고 있다. 물질적인 안락과 정신적 또는 지적인 모든 짐을 홀홀 벗어버리고 내던짐으로써 언제든지 새로운 놀라움과 미지의 신비로움을 향해 몸 가볍게 출발할 수 있는 범신론적인 경탄이 있다. 여기서 평가(評家)들이 지적하듯이 니체와 괴테의 영향과 16세기적인 휴머니스트의 면모를 아울러 볼 수 있다.

지드는 또한 같은 서문에서, 식자들이 이 작품에 부여하는 중대성과 뒤늦게 점점 더 크게 평가되는 이 작품의 성공을 작가로서 스스로 억제하고 제한하려는 듯이, 이 작품의 한계를 밝히고 있다. 즉

'문학이 야단스럽게 조작적이며 폐쇄적인 냄새를 풍기는 시대'에 쓴 한 '회복기에 있는 환자의 작품'이며, 그 자신은 이미 거기서 벗어난 지 오래되는 인생의 한 도정에 불과하다고 밝혔다. 그러나 이 겸손의 말 자체가 이 작품이 지니는 중대하고 심각한 개인적 역사적 의의를 강하게 암시한다. 그러한 시대에 '문학으로 하여금 다시 맨발로 대지를 밟게' 하려는 억누를 수 없는 부르짖음은 루소의 "자연으로 돌아가라"는 그것처럼 시대의 전환을 고하는 선구자의 외침이 아닐 수 없다.

환자는 지드 자신뿐만이 아니라 동시대인들과 이 작품을 탐독한, 다음 세대의 모든 젊은이들이었다. 병은 싱싱한 대가와 대지의 감촉을 잃은 '조작적이며 폐쇄적'인 문학뿐이 아니라 타율적이고 위선적인 부르주아 도덕과 경화증에 걸린 정신과 허위와 자아분열로 가득 찬 한 시대의 문화 전반이었다. 그 속에서 병든 지드는 몇 차례의 북아프리카 여행을 통해 얻은 계시로 드디어 탈출과 해방의 노래를 터뜨린 것이다.

공상에서 현실로, 방랑에서 계획적인 여행과 관찰로, 자연에서 인간으로, 내면에서 사회 문제로 눈을 돌린 지드의 일생을 그의 작품들과 연계해보면 그의 엄청난 면모를 새삼 느끼게 된다.

옮긴이

앙드레 지드 연보

1869년 프랑스 파리에서 법학부 교수인 아버지와 부유한 개신교
부르주아 출신인 어머니 사이에서 태어났다.

1880년 부르주아 개신교 집안 자제들이 다니던 학교에서 수학하
던 중 아버지가 돌연 사망했다. 이후 지드는 한동안 불안
증세와 신경증 발작 등을 겪었다.

1891년 꾸준히 일기를 쓰고 정열적으로 독서를 한 청소년기를 지
나《앙드레 발테르의 수기》를 발표했다. 지드의 첫 작품이
다. 외사촌 누이 마들렌을 향한 사랑이 주요 모티프였다.

1895년 종교의 엄격한 윤리에서 벗어났음을 선포한 작품《팔뤼
드》를 발표했다. 5월에 어머니가 사망했고, 10월에 마들렌
과 결혼했다.

1897년	1893년 가을부터 이듬해 봄까지 북아프리카를 여행한 후 겪은 변화를 담은 작품《지상의 양식》을 발표했다.
1902년	북아프리카 여행 이후 새롭게 변화한 자신의 모습을 모티프로 한 최초의 본격적인 소설《배덕자》를 발표했다.
1909년	종교적 계율이 초래한 위선과 비극을 고발한《좁은 문》을 발표했다. 지드가 동료들과 함께 1908년 창간한《신프랑스평론》이 영향력 있는 문예지로 인정받기 시작했다. 훗날《신프랑스평론》은 20세기 프랑스 문단의 성격 형성에 결정적 영향을 주었다고 평가받았다.
1914년	《교황청의 지하실》을 발표했다. 종교적, 도덕적 편견을 풍자해 가톨릭 진영에서 비난받았으나 초현실주의자들에게는 큰 호평을 받았다.
1919년	시각장애인 고아 소녀를 사랑하는 목사 이야기를 통해 종교적 위선을 비판한《전원교향곡》을 출간했다.
1924년	자신의 동성애적 성향과 이에 대한 논박을 담은 대화체 소설《코리동》을 펴냈다.
1927년	콩고를 여행한 후 식민주의에 대한 문제의식을 담은《콩고 기행》을 냈다. 복잡다단한 세계 속에서 여러 인물이 진정한 자아와 삶의 의미를 발견해가는 과정을 좇는《위폐범들》을 발표했다.
1936년	동료들과 함께 초청받아 소련을 여행한 후《소련 기행》을 발표했다. 이 책에는 공산주의에 대한 지드의 호감이 담겨

있어 사회적으로 큰 파장이 일었다. 추후 지드는 공산주의
와 결별을 선언했다.

1939년 1983년부터 쓰기 시작한 일기를 모아 책으로 발표했다.

1947년 6월 옥스퍼드대학교에서 명예 박사학위를, 11월 노벨문학
상을 받았다.

1951년 노벨문학상 수상 이후에도 활발한 집필 활동을 이어가다
2월 19일 폐충혈로 사망했다. 지드 사후 폴 발레리, 마르탱
뒤 가르 등과의 서한집이 출간되었다.

옮긴이 **김붕구**

서울대학교 불문과와 동 대학원을 졸업하고
서울대학교 불문과 교수로 재직하면서
불어불문학회장 등을 역임했다.
주요 저서에 《불문학사》, 《불문학산고》, 《프랑스 문학사》가 있고
옮긴 책으로는 데카르트의 《방법론 서설》,
사르트르의 《문학이란 무엇인가》, 스탕달의 《적과 흑》,
플로베르의 《보봐리 부인》, 카뮈의 《반항인》,
말로의 《인간 조건》, 《왕도의 길》 등이 있다.

지상의 양식

1판 1쇄 발행 1973년 6월 10일
3판 1쇄 발행 2024년 9월 10일

지은이   앙드레 지드 │ 옮긴이   김붕구
펴낸곳   (주)문예출판사 │ 펴낸이   전준배
출판등록   2004. 02. 11. 제 2013-000357호 (1966. 12. 2. 제 1-134호)
주소   04001 서울시 마포구 월드컵북로 21
전화   393-5681 │ 팩스   393-5685
홈페이지   www.moonye.com │ 블로그   blog.naver.com/imoonye
페이스북   www.facebook.com/moonyepublishing │ 이메일   info@moonye.com

ISBN 978-89-310-2373-2 04800
ISBN 978-89-310-2365-7 (세트)

■ 문예세계문학선

(뒷면 계속)